世事如书，
纸短情长

那些温暖一个世纪的书信

亦喃◎著

花山文艺出版社
河北·石家庄

图书在版编目（CIP）数据

世事如书，纸短情长：那些温暖一个世纪的书信 / 亦喃著. -- 石家庄：花山文艺出版社，2020.5（2022.11重印）
ISBN 978-7-5511-4537-4

Ⅰ. ①世… Ⅱ. ①亦… Ⅲ. ①书信集－中国－现代 Ⅳ. ①I266.5

中国版本图书馆CIP数据核字（2020）第052537号

| 书　　　名： | **世事如书，纸短情长**：那些温暖一个世纪的书信 |

Shishi Ru Shu,Zhiduanqingchang: Naxie Wennuan Yige Shiji De Shuxin

著　　　者：亦　喃
责任编辑：梁东方
责任校对：林艳辉
美术编辑：陈　淼
封面设计：李　一
出版发行：花山文艺出版社（邮政编码：050061）
（河北省石家庄市友谊北大街330号）
销售热线：0311-88643221/29/31/32/26
传　　真：0311-88643225
印　　刷：三河市金泰源印务有限公司
经　　销：新华书店
开　　本：880×1230　1/32
印　　张：7.5
字　　数：161千字
版　　次：2020年5月第1版
　　　　　2022年11月第2次印刷
书　　号：ISBN 978-7-5511-4537-4
定　　价：39.80元

（版权所有 翻印必究·印装有误 负责调换）

序 言

"从前的日色变得慢,车、马、邮件都慢",于民国,时光悠长,情意绵绵。在民国这个纷乱动荡却又离奇浪漫的时代,硝烟与温情并存,而那封有温度的信件,则为两地相隔的人儿寄去彼此的牵挂。

时光从不肯为某个人、某件事而停住向前的步伐,然而似乎在某个瞬间,时间就此止住,止于白纸黑字,止于字里行间。一封信,一段定格的时光,一段时光留存的印记。当目光穿越了时空,回到提笔的时刻,一字、一词、一句,抑或一个标点、一个符号,无不牵动提笔者的心绪,也即拨弄着收信者的心弦。

情话,是爱情的催化剂,于信件中互诉彼此的相思,惹人心动。"我的心肝,你是我的,你是我这一辈子唯一的成就,你是我的生命,我的诗;你完全是我的,一个个细胞都是我的。"这是徐志摩对陆小曼的深情告白。每个陷入爱情之中的人,都会摇身变成一位诗人,用世间最美的语言,倾诉对彼此的倾慕。而对于本就是诗人的徐志摩来说,陆小曼则化为了他笔尖最浪漫的诗。"我行过许多地方的桥,看过许多次数的云,喝过许多种类的酒,却只爱过一个正当最好年龄的人。"在最合适的时间遇见最适合的你,是沈从文与张兆和。张兆和化为沈从文创作的灵感来源,他写信寄去对她的缱绻万千。一辈子,能够遇到一个可以爱到忘了自己的人,该是幸运的。不论结局的悲与喜，不辜负最好的年华，不辜负最纯的爱情，便是最真的人生。

　　亲情的最大魅力，在于无私的付出。要怎样的缘分，才能在生命旅程的开始便成为彼此的羁绊？你陪我长大，我伴你变老。"我有一个很好很好的母亲，我的一切都是她所赐予的。"这是胡适对母亲恩情的感怀，母亲给予了他生命，给予了他一个家，甚至是他的一切。对于这份深沉的母爱，游学在外的胡适唯有将感恩写进信件，将感激与愧疚化作日常的关怀。"小宝贝庄庄，我想你的狠"，孩子们是梁启超的宝贝，他毫不吝啬将自己对孩子的关爱写进信件，大声道出。即使身隔重洋，家书让彼此的心得以紧靠在一起。

　　友情，是世间奇妙的存在。君子之交淡如水，情谊却纯且真。"回来后读到你的信，你的真话，使我感动，就那么写吧，几十个字就可以了。'人生得一知己足矣！'"巴金与冰心，于动荡的民国年代，为世人留下了一段友情的佳话。知己难求，遇到你，人生便不觉孤单。

　　星辰运转，日月轮换，时间的指针指向民国；往事若梦，情谊长留，且让信件诉温情。

目　录

第一卷　问世间，情为何物，直教生死相许

> 爱情，可以让人生，让人痴，让人成为另一个人的全世界。最初的相遇，或许只是刹那的眼眸流转；爱上一个人，或许只需一瞬的怦然心动，而后相知相守。然而，爱情亦可能成为一味毒药，曾经有多爱，如今便有多沉沦，沉沦于痛楚之中。只是，那洒落在民国的爱，那写进信件中的情，却丝毫不曾褪色于时间的长河。在那个纷乱却又浪漫的年代，在爱恨之间，他与她，演绎了一幕幕爱的绝唱。

002_ 第一章　你占有我的"整个儿"——徐志摩与陆小曼

010_ 第二章　遇见最好年华的你——沈从文与张兆和

019_ 第三章　陪伴是最长情的告白——张学良与赵一荻

027_ 第四章　忘年之恋不相忘——鲁迅与许广平

036_ 第五章　良缘佳偶本天成——梁启超致李蕙仙

043_ 第六章　情深不寿爱长流——高君宇与石评梅

053_ 第七章　愿得一人共白头——闻一多致高孝贞

062_ 第八章　人生若只如初见——萧红致萧军

071_ 第九章　执子之手半生随——庐隐与李唯健

082_ 第十章　时光深处的爱恋——朱生豪致宋清如

091_ 第十一章　自此形影不相离——瞿秋白致杨之华

101_ 第十二章　许你半个诗意世界——朱湘致刘霓君

111_ 第十三章　爱恨绵绵有时尽——郁达夫与王映霞

124_ 第十四章　烟花易冷却永恒——林觉民致陈意映

第二卷　想得家中夜深坐，还应说着远行人

亲情，是一个人最难割舍的感情之一。无论于何时何地，亲情都是人类永恒的主题。如果说离别是美丽的忧伤，那也是因为相隔两地却彼此牵挂的心。伏案写就一封封信件，一字、一词、一句，是情，是爱，是不舍；字里行间的，是不能亲口道出的叮咛，是没有说出口的感动。虽隔千山万水，即便身处硝烟弥漫的民国，此情足够温暖人心。

134_ 第一章　家书抵万金——胡适致母亲

145_ 第二章　感恩母亲——鲁迅致母亲

155_ 第三章　我的孩子们——梁启超致子女

165_ 第四章　亲爱的孩子——傅雷致两儿

176_ 第五章　浓浓父子情——张謇致独子

第三卷　海内存知己，天涯若比邻

> 　　友情是一份偶然，又是一份惊喜，无关乎性别，不在于身份地位。君子之交，一份不同于爱情的纯粹之情，一份有别于亲情的真挚之情，不在于时间的长短，只关乎心与心的交付，不在于距离的远近，只关乎思想的契合。或信中的一句简单问候，或久别重逢的一声真诚关怀，于动荡的民国年代里，足以让人动容不已。知己难求，今生有幸遇到你。

186_　第一章　友情之上，恋人未满——徐志摩致凌叔华

194_　第二章　知我者徐君——徐悲鸿致齐白石

204_　第三章　一生的牵挂——老舍致赵清阁

212_　第四章　同声相应，同气相求——鲁迅致许寿裳

223_　第五章　你拥有我的全部友谊——巴金与冰心

第一卷

问世间，情为何物，直教生死相许

爱情，可以让人生，让人痴，让人成为另一个人的全世界。最初的相遇，或许只是刹那的眼眸流转；爱上一个人，或许只需一瞬的怦然心动，而后相知相守。然而，爱情亦可能成为一味毒药，曾经有多爱，如今便有多沉沦，沉沦于痛楚之中。只是，那洒落在民国的爱，那写进信件中的情，却丝毫不曾褪色于时间的长河。在那个纷乱却又浪漫的年代，在爱恨之间，他与她，演绎了一幕幕爱的绝唱。

第一章

你占有我的"整个儿"——徐志摩与陆小曼

自古才子配佳人,然而风流才子徐志摩与社交名媛陆小曼两人之间的爱情却并不顺利。爱情的到来从来都不是可以人为控制的,徐志摩认为自己遇到了今生"灵魂的唯一伴侣",只是"恨不相逢未嫁时",面对已作他人妇的陆小曼,这一段旷世之恋,最终是凄美还是圆满?

龙龙:

我的肝肠寸寸的断了,今晚再不好好的给你一封信,再不把我的心给你看,我就不配爱你,就不配受你的爱。我的小龙呀,这实在是太难受了,我现在不愿别的,只愿我伴着你一同吃苦——你方才心头一阵阵的作痛,我在旁边只是咬紧牙关闭着眼替你熬着,龙呀,让你血液里的讨命鬼来找着我吧,叫我眼看你这样生生的受罪,我什么意念都变了灰了!你吃现鲜鲜的苦是真的,叫我怨谁去?

离别当然是你今晚纵酒的大原因,我先前只怪我自己不留意,害你吃成这样,但转想你的苦,分明不全是酒醉的苦,假如今晚你不喝酒,我到了相当的时刻得硬着头皮对你说再会,那时你就会舒服了吗?再回头受逼迫的时候,就会比醉酒的病苦强吗?咳,你自己说的对,顶好是醉死了完事,不死也得醉,醉了多少可以自由发泄,不比死闷在心窝里好吗?所以我一想到你横竖是吃苦,我的心就硬了。我只恨你不该留这许多人一起喝，人一多就糟，要是单是你与我对喝，那时要醉就同醉，要死也死在一起，醉也是一体，死也是一体，要哭让眼泪和成一起，要心跳让你我的胸膛贴紧在一起，这不是在极苦里实现了我们想望的极乐，从醉的大门走进了大解脱的境界，只要我们灵魂合成了一体，这不就满足了我们最高的想望吗？

啊，我的龙，这时候你睡熟了没有？你的呼吸调匀了没有？你的灵魂暂时平安了没有？你知不知道你的爱正在含着两眼热泪在这深夜里和你说话，想你，疼你，安慰你，爱你？我好恨呀，这一层的隔膜，真的全是隔膜，这仿佛是你淹在水里挣扎着要命，他们却掷下瓦片石块来算是救渡你，我好恨呀！这酒的力量还不够大，方才我站在旁边我是完全准备了的，我知道我的龙的心坎儿只嚷着"我冷呀，我要他的热胸膛偎着我，我痛呀，我要我的他搂着我，我倦呀，我要在他的手臂内得到我最想望的安息与舒服"！——但是实际上我只能在旁边站着看，我稍微的一帮助就受人干涉，意思说："不劳费心，这不关你的事，请你早去休息吧，她不用你管！"

哼，你不用我管！我这难受，你大约也有些觉着吧！

方才你接连了叫着，"我不是醉，我只是难受，只是心里苦。"你那话一声声像是钢铁锥子刺着我的心：愤，慨，恨，急的各种情绪就像潮水似的涌上了胸头；那时我就觉得什么都不怕，勇气像天一般的高，只要你一句话出口什么事我都干！为你我抛弃了一切，只是本分为你我，还顾得什么性命与名誉——真的假如你方才说出了一半句着边际着颜色的话，此刻你我的命运早已变定了方向都难说哩！

你多美呀,我醉后的小龙,你那惨白的颜色与静定的眉目,使我想象起你最后解脱时的形容,使我觉着一种逼迫赞美崇拜的激震,使我觉着一种美满的和谐——龙,我的至爱,将来你永诀尘俗的俄顷,不能没有我在你的最近的边旁,你最后的呼吸一定得明白报告这世间你的心是谁的,你的爱是谁的,你的灵魂是谁的!龙呀,你应当知道我是怎样的爱你,你占有我的爱,我的灵,我的肉,我的"整个儿"。永远在我爱的身旁旋转着,永久的缠绕着,真的龙龙,你已经激动了我的痴情。我说出来你不要怕,我有时真想拉你一同情死去,去到绝对的死的寂灭里去实现完全的爱,去到普遍的黑暗里去寻求唯一的光明——咳,今晚要是你有一杯毒药在近旁,此时你我竟许早已在极乐世界了。

　　说也怪,我真的不沾恋这形式的生命,我只求一个同伴,有了同伴我就情愿欣欣的瞑目;龙龙,你不是已经答应做我永久的同伴了吗?我再不能放松你,我的心肝,你是我的,你是我这一辈子唯一的成就,你是我的生命,我的诗;你完全是我的,一个个细胞都是我的——你要说半个不字,叫天雷打死我完事。

　　我在十几个钟头内就要走了,丢开你走了,你怨我忍心不是?我也自认我这回不得不硬一硬心肠,你也明白我这回去是我精神的与知识的"散拿吐瑾"。我受益就是你受益,我此去得加倍地用心,你在这时期内也得加倍的奋斗,我信你的勇气,这回就是你试验,实证你勇气的机会,我人虽走,我的心不离开你,要知道在我与你的中间有的是无形的精神线,彼此的悲欢喜怒此后是会相通的,你信不信?(身无彩凤双飞翼,心有灵犀一点通。)我再也不必嘱咐,你已经有了努力的方向,我预知你一定成功,你这回冲锋上去,死了也是成功！有我在这里，阿龙，放大胆子，上前去吧，彼此不要辜负了，再会！

摩三月十日早三时

（摘自梁实秋，蒋复璁编《徐志摩全集》第4卷，中央编译出版社，2014年）

心已动，情难止。徐志摩顺从了自己的内心，写下这一缠绵悱恻的情书。"龙龙"是徐志摩对陆小曼的爱称，这样一封爱的宣言，字里行间无不散发着浓浓的爱的气息。陆小曼也给予了徐志摩同样的回应，只愿从此与他双宿双飞。两人表明了彼此的心意，然而横在徐志摩与陆小曼之间的爱的阻碍，并未有丝毫的减轻。

徐志摩作为徐家的长子，在家人的重视与宠爱下，自幼便受到了良好的教育。之后徐志摩又出国深造，游学英美等国。天资聪颖的他才情斐然，更富有浪漫气息，归国后的徐志摩迅速成为文坛上的一颗璀璨之星，成为诗界的传奇。

在认识陆小曼之前，徐志摩爱上了灵气少女林徽因，并为之沉醉而无法自拔，为她写诗，为她痴迷。然而在父母的包办婚姻下，徐志摩早已与张幼仪结婚。为了追求林徽因，徐志摩坚决要与已怀有身孕的张幼仪离婚。只是，在徐志摩与张幼仪离婚后，林徽因却选择了梁思成并与其订婚，徐志摩唯有黯然神伤。这时，另一位女子出现在了他的视线之中，她便是一代佳人陆小曼。

陆小曼又名陆眉，因八个兄妹前后夭折，唯一幸存下来的她受到了家人的极度珍视，被视为掌上明珠。出生于书香世家的陆小曼，是名副其实的全才型佳人，琴棋书画样样精通，更为可贵的是，陆小曼没有出国，却通晓英语与法语两门语言，并成为外交界的佼佼者。多才多艺的陆小曼，成为了民国"一道不可不看的风景"。

缘分是非常奇妙的，一次偶然的机会，多情的徐志摩于舞会上邂逅了多姿的陆小曼，两人产生了深深的羁绊，就此纠缠在了一起。

任职于外交部的王庚无疑是一位青年才俊，却并不能理解妻子陆小曼的浪漫、欣赏她的才情。王庚与徐志摩同为梁启超的弟子，两人相交甚密。王庚知晓陆小曼与徐志摩的性情相近，便时常让徐志摩陪伴自己的妻子。徐志摩本就对陆小曼有好感，自然乐意陪伴她。在之后的一段日子里，徐志摩陪陆小曼踏遍了大半个京城。

情不知所起而一往情深，那如果知道情之何起呢？又该掀起怎样的波澜？当浪漫遇上浪漫，当多情遇上多情，便注定会激起不一样的火花。徐志摩以一颗浪漫的赤子之心，灼热了陆小曼的整个世界。郎有情妾有意，本可造就一段佳话，奈何陆小曼早已是有夫之妇。两人的恋情是违背伦理的，只能压抑着彼此的悸动。

徐志摩与陆小曼之间的情意愈发浓烈，两人的恋情终究被他人知晓。意料之中，遭致了众人的反对。徐志摩还保持着一丝理智，借由应邀出国，意图给彼此一些时间冷静。只是，徐志摩还未来得及冷静，便听闻陆小曼病重而心急回国。再次相见，两颗心迅速沦陷，两人陷入了热恋之中。

徐志摩用诗一样的言语，伏案写就了一篇篇日记，倾诉着自己的深情一片:"……我的胸膛并不大,决计装不下整个或是甚至部分的宇宙。我的心河也不够深,常常有露底的忧愁。我即使小有才,决计不是天生的,我信是勉强来的;所以每回我写什么多少总是难产,我唯一的靠傍是霎那间的灵通。我不能没有心的平安,眉,只有你能给我心的平安。在你完全的蜜甜的高贵的爱里,我享受无上的心与灵的平安……"

情人间的呢喃,谱成了世间最动听的曲调。徐志摩的爱是纯粹的,他以一颗火热的心,全身心投入了这段爱情之中。最美好的人生,莫过于拥有一段为了某个人而忘了自己的爱情。陆小曼是幸运的,有一个人知她的柔情,晓她的浪漫,并把她捧在了心尖上。陆小曼亦以一种飞蛾扑火的决然姿态,与王赓离婚,继而奔向了徐志摩的怀抱。

摩:

……摩,为你我还是拼命干一下的好,我要往前走,不管前面有几多的荆棘,我一定直着脖子走,非到筋疲力尽我决不回头的。因为你是真正的认识了我,你不但认识我表面,你还认清了我的内心,我本来老是自恨为什么没有人认识我,为什么人家全拿我当一个只会玩只会穿的女子;可是我虽恨,我并不怪人家,本来人们只看外表,谁又能真生一双妙眼来看透人的内心呢?受着的评论都是自己去换得来的,在这个黑暗的世界有几个是肯拿真性灵透露出来的?像我自己,还不是一样成天埋没了本性以假对人的吗?只有你,摩!第一个人能从一切的假言假笑中看透我的真心,认识我的苦痛,叫我怎能不从此收起以往的假而真正的给你一片真呢!我自从认识了你,我就有改变生活的决心，为你我一定认真地做人了……

摩！我今天很运气能够遇着你，在我不认识你以前，我的思想，我的观念，也同她们一样，我也是一样的没有勇气，一样的预备就此糊里糊涂地一天天往下过，不问什么快乐什么痛苦，就此埋没了本性过它一辈子完事的；自从见着你，我才像乌云里见了青天，我才知道自埋自身是不应该的，做人为什么不轰轰烈烈地做一番呢？我愿意从此跟你往高处飞，往明处走，永远再不自暴自弃了。

三月二十二日

（摘自耿沫编著《民国的柔情大师写在指尖上的爱情》，中国言实出版社，2015年）

以真心换真情，便足矣。尽管没能得到世俗之人的理解，徐志摩与陆小曼还是走到了一起。一九二六年七月初七，即七夕节这天，徐志摩与陆小曼迎来了两人的婚礼。两人在北京北海公园举行婚礼，胡适为婚礼介绍人，证婚人则是徐志摩的老师梁启超。即使徐家与陆家勉强同意了两人的结合，两人也已经站在了婚礼的殿堂上，但还是未能得到大多亲友的支持与祝福。梁启超公开表露了自己对两人的不满，"徐志摩，你这个人性情浮躁，以至于学无所成，做学问不成，做人更是失败，你离婚再娶就是用情不专的证明！陆小曼，你和徐志摩都是过来人，我希望从今以后你能恪遵妇道，检讨自己的个性和行为……总之，我希望这是你们两个人这一辈子最后一次结婚！这就是我对你们的祝贺！"梁启超以严厉的言语，以期给予两人教诲。在多年后，事实证明，梁启超的告诫不无先见之明。

婚后的两人在海宁度过了一段甜蜜的时光，夕阳下漫步、一同去听戏、在淡月下作诗，岁月莫不静好，只盼时间就此停住罢。然而由于陆小曼从小便养尊处优，亦不屑于三从四德的传统妇德，因此不讨公婆的欢喜。两个月后，公婆便离家北上，与徐志摩的前妻张幼仪一起生活。陆小曼不无难堪，一段时间后，便与徐志摩两人搬到了上海，开始了两个人的生活。

生活不同于爱情，爱情可以只要浪漫，生活却还得以物质为基础。习惯了奢靡生活的陆小曼，在婚后不久便恢复了往昔的生活：挥霍无度、流连舞池、供养戏子，甚至染上鸦片烟。对于妻子纸醉金迷的生活，徐志摩也曾劝说与埋怨，却没能让陆小曼有所改变。徐志摩终究是爱着陆小曼的，为了满足妻子的奢侈生活，在徐父因不满儿媳的所作所为而拒绝给两人的经济支持后，徐志摩身兼数职，来回疲奔于北京与上海，可还是入不敷出。

如果说婚姻是爱情的坟墓，那么徐志摩与陆小曼正验证了这一句话。困顿的生活激化了两人之间的矛盾，并越积越深，最终一发不可收拾，直至徐志摩因飞机坠毁而遇难。如徐志摩所写的诗那般，他悄悄地走了，没有带走一片云彩。

徐志摩的遗物是一个铁盒子，盒子里装的是陆小曼所作的一幅画。该欣慰还是遗憾？生命的最后，陪伴徐志摩的是妻子的画作。

悔悟来得太迟，除却回忆与眼泪，陆小曼不知道自己还剩下什么。陆小曼告别了灯红酒绿的生活，变成了徐志摩生前所期望的那个模样，朴素、向上，为徐志摩整理出版作品。只是，徐志摩却再也不可能看到。当轰轰烈烈的爱情归于沉寂，独留世人的太多唏嘘。

第二章

遇见最好年华的你——沈从文与张兆和

人的一生中，会遇到许多人。万千种人，万千种不同的相遇方式。或擦肩而过，或相视一笑，或驻步回首。有些人成为你的家人、朋友，有些人则是陌生人。而在斗转星移中，"行过许多地方的桥，看过许多次数的云，喝过许多种类的酒"，恰逢最好年龄的你，则是沈从文与张兆和。

三三：

　　……我曾作过可笑的努力，极力去同另外一些人要好，到别人崇拜我愿意做我的奴隶时，我才明白，我不是一个首领，用不着别的女人用奴隶的心来服侍我，却愿意自己作奴隶，献上自己的心，给我所爱的人。我说我很顽固的爱你，这种话到现在还不能用别的话来代替，就因为这是我的奴性……

　　三三，你是我的月亮。你能听一个并不十分聪明的人，用各样声音，各样言语，向你说出各样的感想，而这感想却因为你的存在，如一个光明，照耀到我的生活里而起的，你不觉得这也是生存里一件有趣味的事吗……

　　譬如想到所爱的一个人的时候，血就流走得快了许多，全身就发热作寒，听到旁人提到这人的名字，就似乎又十分害怕，又十分快乐。究竟为什么原因，任何书上提到的都说不清楚，然而任何书上也总时常提到。"爱"解作一种病的名称，是一个法国心理学者的发明，那病的现象，大致就是上述所及的。

你是还没有害过这种病的人，所以你不知道它如何厉害。有些人永远不害这种病，正如有些人永远不害麻疹伤寒，所以还不大相信伤寒病使人发狂的事情。三三，你能不害这种病，同时不理解别人这种病。也真是一种幸福。因为这病是与童心成为仇敌的，我愿意你是一个小孩子。真不必明白这些事。不过你却可以明白另一个爱你而害着这难受的病的痛苦的人，在任何情形下，却总想不到是要窘你的。我现在，并且也没有什么痛苦了，我很安静，我似乎为爱你而活着的，故只想怎么样好好地来生活……

望到北平高空明蓝的天，使人只想下跪，你给我的影响恰如这天空，距离得那么远，我目里望着，晚上做梦，总梦到生着翅膀，向上飞举。向上飞去，便看到许多星子，都成为你的眼睛了。

三三，莫生我的气，许我在梦里，用嘴吻你的脚，我的自卑处，是觉得如一个奴隶蹲到地下用嘴接近你的脚，也近于十分亵渎了你的……

一九三一年六月北平

（摘自徐志摩等著《旧时光的爱恋遗落在岁月中的老情书》，中国华侨出版社，2014年）

他是她的老师，她是他的学生。缘分总是如此奇妙，只一眼，沈从文便爱上了那个女孩，即他的学生张兆和。爱情具有魔力，因为爱情，她成为他的"三三"，成为他眼中的月亮，心中的神，活着的信仰。然而，爱情从来都是双方的事，此时的沈从文，不过是陷入了单相思，他的缱绻爱恋没能得到张兆和的丝毫回应。

即使此时的沈从文早已在文坛崭露头角，但总归是一位只有小学文凭的穷书生，未能得到张兆和的好感。张兆和是名副其实的大家闺秀，真正的女神。"乡下人"爱上白富美，身份的悬殊，似乎从一开始便注定了这段爱情的曲折。

出生于湘西的沈从文，是典型的"寒门才子"。出生于乡下，于偏僻一隅长大。没有机会接受良好的教育，也未能触及繁华的外界，沈从文的确是一个没有见过大世面的"乡下人"。只是，这一切并未有损于沈从文的文学天赋。风景秀丽的凤凰小城给予了沈从文灵感，淳朴的民风熏陶了他的性情，于这方水土，孕育了沈从文的绝世才情。离开家乡后的沈从文，因友人的赏识与帮助而获得了任职上海中国公学的机会。

初登大学讲台的沈从文，第一次上课时竟因紧张而说不出一句话来。当他在黑板上写出"我第一次上课，见你们人多，怕了"这样一句话，学生们都大笑起来。沈从文的纯与真，在窘迫中表现得淋漓尽致。也是在这里，沈从文遇到了一生所爱，那个正当最好年龄的女子——张兆和。

不同于沈从文的清贫家世，张兆和出身于豪门望族。张兆和的父亲张冀牖是当时有名的教育家，且非常注重子女的教育。在张冀牖的悉心栽培下，元和、允和、兆和、充和四个女儿尤为出彩，被称为"张氏四兰"。张兆和是张冀牖的第三个女儿，才貌双全，有着"黑牡丹"之美称。

"窈窕淑女，君子好逑"。就读于中国公学的张兆和，追求者甚多,却无一人入得了她的眼。俏皮的她把追求者编了号,"癞蛤蟆一号""癞蛤蟆二号"……才情满溢的沈从文则成为"癞蛤蟆十三号"。

情书,情之书。"不知道为什么,我忽然爱上了你。"这是沈从文写给张兆和的第一封情书。

一直觉得情书是奇妙的,白纸上的一笔一画,一字一词,甚至是一个逗号,于淡淡墨香中,传递出书写者的浓浓情意。沈从文深深爱上了张兆和,自此,他的心只为她而跳动,他的情经由白纸黑字传递给张兆和。

沈从文简直魔怔了,他的眼里只剩下了张兆和的身影。一封封情书,诉说着浓烈的爱意。然而,沈从文不过是陷入了一个人的狂恋。作为沈从文学生的张兆和,并不能理解老师对她的炽热情感。他"顽固地爱着她",她却"顽固地不爱他"。得不到回应的沈从文自是失落,偶尔竟像小孩般哭泣,甚至滋生出为情自杀的念头。

爱一个不爱自己的人是辛苦的,何况是用尽了一切气力去爱?沈从文却从来没有想要过放弃。在沈从文辞去中国公学的职务而任教于国立青岛大学后,两地相隔,沈从文对张兆和的情意并未有丝毫的减退,反而更甚,却只能借由一封封情书寄去自己的一片深情。而对于自己的爱恋可能给张兆和带去的困扰,沈从文在诚恳表示歉意的同时,却还是管不住自己那颗倾心于她的心。

……我现在还并不缺少一种愚蠢想象,以为我将把自己来牺牲在爱你上面,永久单方面的倾心,还是很值得的。只要是爱你,应当牺牲的我总不辞。若是我发现我死去也是爱你,我用不着劝驾就死去了。或者你现在对这点只能感到男子的愚蠢可悯,但你到另一时,爱了谁,你就明白你也需要男子的蠢处,而且自己也不免去做那"不值得"牺牲的牺牲了。

……一个病人在窗边见到目光与虹,想保留它而不可能,却在窗上刻画一些记号,这愚笨而又可怜的行为,若能体会得出,则一个在你面前的人,写不出一封措辞恰当的信,也是自然的道理。我留到这里,在我眼中如虹如日的你,使我无从禁止自己倾心是当然的。我害怕我的不能节制的唠叨,以及别人的蜚语,会损害你的心境和平,所以我的离开这里,也仍然是我爱你,极力求这爱成为善意的设计。若果你觉得我这话是真实。我离开这里虽是痛苦,也学到要去快乐了。

……我现在是打算到你将来也不会要我爱的。不过这并不动摇我对你的倾心。所以我还是因这点点片面的倾心,去活着下来,且为着记到世界上有我永远倾心的人在,我一定要努力切实做个人的。

(摘自沈从文著《沈从文全集书信第18卷》,北岳文艺出版社,2009年)

那一份炽热之情,并不是文字装点的。她不知道,是否还会有如沈从文般的男子爱她如生命?又该怀有怎样的赤诚与善良,才会只在意对方的悲喜,只要对方快乐,便可以哭也笑着。守在一个人身边是因为爱,离开更是因为爱,这一份决绝中掺杂着让人心疼的情愫。面对情痴般的沈从文,以及那一至纯的爱恋,张兆和开始有了动摇。

爱情的到来是无法预知的,在某时某刻,爱神丘比特便于不经意间射出爱情之箭。爱情分很多种，或一见钟情，或日久生情，有由相看两厌再到甜蜜相爱的，有形同陌路再到相知相爱的，也有由单相思再到两情相悦的，当然，也有爱而不得的。

张兆和终是沦陷在了沈从文的爱意中。沈从文是幸运的，他的情深似海感动了张兆和，让她动了情。由感动到爱情，这也是万千种爱情中的一种。沈从文爱的人，最终爱上了自己。张兆和亦是幸运的，她遇到了一个可以托付自己一生的人。

一九三三年九月，沈从文与张兆和在众人的祝福声中，于北平中央公园举行了婚礼，有情人终成眷属。婚后两人住在北平西城的一个小院子里，过着浓情蜜意的小日子。不久，由于沈从文的母亲病危，沈从文赶往老家凤凰看望母亲，两人有了婚后的第一次别离。

离别的笙箫，总是让人无限伤感。行路迟迟，只盼望一纸纸书信能温暖彼此的心。

三三：

这时真静，我为了这静，好像读一首怕人的诗。这真是诗。不同处就是任何好诗所引起的情绪，还不能那么动人罢了。这时心里透明的，想一切皆深入无间。我在温习你的一切。我真带点惊讶，当我默读到生活某一章时，我不止惊讶。我称量我的幸运，且计算它，但这无法使我弄清楚一点点。你占去了我的感情全部。为了这点幸福的自觉，我叹息了。

倘若你这时见到我，你就会明白我如何温柔！一切过去的种种，它的结局皆在把我推到你身边心上，你的一切过去也皆在把我拉近你身边心上。这真是命运。而且从二哥说来，这是如何幸运！我还要说的话不想让烛光听到，我将吹熄了这支蜡烛，在暗中向空虚去说。

二哥
十七日上午六点十分

（摘自沈从文著《水中情》，安徽文艺出版社，1995年）

"三三"是他的幸运，是他温柔的所在。此时的沈从文，沉浸在回忆之中，而这些回忆，全是关于一个名为张兆和的女子的。曾经自己只能仰望的月亮，是真的属于自己了吧？沈从文觉得自己就像做了一场美梦，幸福中有些忐忑。孩子心性的他，竟嫉妒烛光听到那些自己对"三三"所说的情话，他要吹灭蜡烛。时而甜蜜时而心酸，只因为远方的那个她。

从文二哥：

只在于一句话的差别，情形就全不同了。三四个月来，我从不这个时候起来，从不不梳头、不洗脸，就拿起笔来写信的。只是一个人躺到床上，想到那为火车载着愈走愈远的一个，在暗淡的灯光下，红色毛毯中露出一个白白的脸，为了那张仿佛很近实在又极远的白脸，一时无法把捉得到，心里空虚得很！因此，每一丝声息，每一个墙外夜行人的步履声音，敲打在心上都发生了绝大的返响，又沉闷，又空洞。因此，我就起来了。我计算着，今晚到汉口，明天到长沙，自明天起，我应该加倍担着心，一直到得到你平安到家的信息为止。听你们说起这条道路之难行，不下于难于上青天的蜀道，有时想起来，又悔不应敦促你上路了。倘若当真路途中遇到什么困难,吃多少苦,受好些罪,那罪过,二哥,全数由我来承担吧……再说,再说这边的两只眼睛,一颗心,在如何一种焦急与期待中把白日同黑夜送走。忽然有一天,有那么一天,一个瘦小的身子挨进门来,那种欢喜,唉,那种欢喜,你叫我怎么说呢?总之,一切都是废话,让两边的人耐心地等待着,让时间把那个值得庆祝的日子带来吧。

三三

九日清晨

(摘自沈从文著《从文家书》,上海远东出版社,1996年)

古有思君而"晨起懒梳妆",此时的张兆和,则是因担忧远行的丈夫而不能眠,来不及梳妆便执笔写信。如果说沈从文在回家途中经历了艰难险阻,安稳待在家的张兆和却并不比他好过。心有所忧,心有所牵挂,张兆和的心早已跟随丈夫而出行,甚至唯愿自己能代替丈夫所受的劳累与困苦。只是,当一份深情遇上另一份深情,所受的苦也是甜的。在频繁的来往书信中,沈从文与张兆和诉说了对彼此的无限思念。

有句俗语为"相爱容易相守太难",时间,会成为感情的杀手。只是,是否无论当初如何的刻骨铭心,那份感情终究会随着岁月的流逝而淡去?

当爱情归于生活,柴米油盐似乎消散了爱情的神圣。对于沈从文来说,操心于每日生计的张兆和似乎不再是自己心目中的那个女神,他困惑了,动摇了那颗至死不渝的心。而就在这平淡的日子里,沈从文邂逅了青春美丽的女子高青子。

高青子与沈从文志同道合，两人对文学有着强烈的共鸣。高青子倾慕沈从文的才情，沈从文欣赏高青子的聪慧。在不长时间的相处中，两人的感情发展迅速，直至两人的这段感情被张兆和发觉。

感情有了裂缝，便不复从前。即使沈从文最终断绝了与高青子的爱恋，选择与张兆和共度余生，两人的爱情也只能道一句"只是当时已惘然"。

在沈从文生命最后的那段艰难日子里，张兆和是陪在他身边的。被新中国成立后那场浩劫折磨得精神有些失常的沈从文，曾拿出一封皱巴巴的信，宝贝似的紧攥手中，口中呢喃："这是三姐（张兆和）的第一封信。"像孩子般笑，像孩子般哭，还是只为那一人。

爱过才知情重，醉过才知酒浓，经历过坎坷才会真正懂得与醒悟。不存在完美的爱情与婚姻，只因每个人皆是凡人。但至少在某个时刻，忘我地爱过一个人，便无悔矣。

第三章

陪伴是最长情的告白——张学良与赵一荻

爱情最圆满的归宿，莫过于牵过相爱人之手，走进婚姻的殿堂。西方结婚誓词里有这样一段话：无论疾病还是健康，或任何其他理由，都爱他，照顾他，尊重他，接纳他，永远对他忠贞不渝直至生命尽头。一场婚礼，一次承诺，相伴一生。然而当"离婚"一词越来越常见于当今社会，"执子之手，与子偕老"似乎只是一种美好的愿望。那么，爱情的真谛是什么？张学良与赵一荻用一生给出了最好的答案。

Edith：

自从廿九年（1940年6月）夏季你回国以来，咱们俩从未分别这样久，你大（打）上月一日发觉有病，十五日去的台北，到今天正正（整整）一个半月。今天是中秋节，昨天晚上，这山上月亮好极了，我同我的小猫在球（球场）上走了有半个多钟头的路，才回屋睡觉，假如你在家，多们（多么）好玩哪。但是我愿意你把假牙好好的弄合适了，所以不催你回来。我想你在台北，常有朋友来，又有事情作（做），吃的合胃口，你喜欢吃点心，也许又吃着你所喜欢的点心吃，所以你胖了，你别"乐不思蜀"哟？这是笑话，我知道你是急于要回来的，别急！还是把牙弄好为要……

我看了好些小说，有几篇相当的有趣味，假如坐在月光下，给你讲故事听,你说,好不好?

H. C.

(摘自张之宇著《张学良探微:晚年记事》,江苏人民出版社,2004年)

  平淡的言语,诉说着生活中的点滴小事,却蕴含了没有道明的关切与思念。俏皮幽默的语气,无关乎于风花雪月,却让人倍感柔情。这是一封中年男子所写的书信,他惦记着那个外出就医的女子。她不是他的妻子,却更甚他的妻子。身处牢笼的他,因着写给女子的信,心情变得明朗。这个有着老顽童心态的男子,便是民国有名的四公子之一张学良,H. C. 是张学良英文名字的缩写字母。而那个让他牵挂的女子,即是赵一荻,Edith 是她的英文名字。

  战乱时期亦是英雄辈出的时期,军阀割据的民国,壮志踌躇的"风流人物",演绎了多少"无数英雄竞折腰"的故事。张学良的父亲张作霖便是其中的一员。作为奉系军阀首领的张作霖,虽发迹于草莽之中,却英雄不问出处,于民国风起云涌的政局中占有一席之地。虎父无犬子,作为张作霖长子的张学良,成为民国才子。风流倜傥的他,亦被他人称作"少帅"。

  汉卿是张学良的字,在他十四岁的时候,父亲张作霖便为他安排了一桩婚姻,女方名为于凤至。于凤至的父亲于文斗不仅是一位富商,同时也是梨树县商会会长。张学良与于凤至,可谓是门当户对。张学良虽不满于旧式的包办婚姻,在父亲张作霖的劝说下,只得答应。

  俊美风流的张学良,品貌出众的于凤至,两人的结合无疑是众望所归。只是，这一切在张学良偶遇另一位女子后有了变化。

那是蔡公馆舞会上的一次邂逅。俊朗潇洒的"少帅"，文雅秀丽的"赵四小姐"，四目相对那一秒，情愫暗生。两人一起舞，哪知牵扯出一生。

赵一荻出生于香港，她的名字来源于其英文名 Edith 的谐音。因出生时天际出现一道霞光，因此又名绮霞。赵一荻的父亲为赵庆华，曾任北洋政府铁路局局长等职位。赵一荻为赵庆华的第四个女儿，所以家人又称她为"赵四小姐"。

动心在刹那间，即使明知张学良已是有妇之夫，赵一荻仍旧不顾一切，以一种飞蛾扑火的姿态奔向了爱情。张学良与赵一荻迅速陷入了爱情的旋涡中，两人相伴出现于各种娱乐场所，感情日笃。

当赵一荻的父亲赵庆华知晓两人的关系后，怒不可遏，坚决要赵一荻离开张学良。赵庆华知道张学良早有妻子，如果自己的女儿嫁过去，只能作小，这是他不能容忍的。为了断绝两人的关系，赵庆华软禁了女儿，并迅速为女儿找了一门亲事。

不久后国内发生了一件大事，即"皇姑屯事件"。张作霖被日军炸成重伤，送回沈阳后，于当日不治身亡。回到沈阳的张学良于匆忙中接管大权，由于过度劳累，不日便病倒了。

听闻心上人病倒的赵一荻再也坐不住了，找了一个借口从家中脱身，独自前往沈阳。当赵庆华知晓女儿的行为后，勃然大怒，即刻在报纸上发表声明，断绝与赵一荻的父女关系，削除其祠名，并辞官隐退。

于亲情与爱情之间，赵一荻被迫做出了艰难的抉择。为爱私奔,断了自己的退路,这样一种勇气,是令人动容的。然而赵一荻没有想到的是,在她到达沈阳后,并未能得到张家人的认可。只身一人的她,既回不去赵家,又不被张家接受,不无辛酸与委屈,可赵一荻却不曾后悔过。

于凤至对赵一荻的感情很复杂,既痛恨她插足自己与丈夫间,同时又怜悯她对自己丈夫的深情一片。

当一个女子不要名分,愿意跟随对方,是应该被珍惜的。最终,赵一荻以张学良秘书的身份留在了他的身边,但未能住进张家大院,而是居住在靠近张宅的一栋小楼里。背负了不好名声,却又未能得到名分的赵一荻坚决留在了异乡,只因那一颗爱着张学良的心。这般固执的爱恋,不就如民国才女张爱玲所说的那般,爱一个人,会低到尘埃,然后开出花来。赵一荻在这栋小楼里度过了一段幸福的时光,并为张学良生了一个儿子张闾琳。

"皇姑屯事件"后,张学良继任为东北保安军总司令。面对动荡的时局,张学良以民族大义为重,拒绝日本人的拉拢,坚持"东北易帜",维护了南北统一以及国家团结。一九三一年九月八日,日军侵入我国的"九一八事变"爆发。自此,张学良受到社会舆论的猛烈抨击,赵一荻也不可避免地遭受了"红颜祸水"的骂名。赵一荻始终相信张学良,沉默着与他一同承受外界的压力。

随着抗日声势的高涨,一九三六年十二月十二日,张学良与杨虎城兵谏蒋介石,发动"西安事变",逼蒋联共抗日。"西安事变"和平解决后,张学良与杨虎城被蒋介石囚禁起来。自此,张学良被迫开始了长达五十余载的软禁生活。

从意气风发的"少帅"到阶下囚,从叱咤官场到失去自由,从神坛跌落至炼狱，这样一种失落，足够让张学良心生绝望。为了防止张学良精神崩溃而自杀，蒋介石特许赵一荻或于凤至陪伴他。

对于赵一荻来说，张学良就是她的整个世界。只要能陪伴在张学良身旁，她甘愿一同成为牢笼中人。赵一荻没有丝毫犹豫便来到张学良身边。之后因于凤至想要留在张学良身边，赵一荻便带着自己与张学良的孩子去了香港。

三年后，于凤至因患乳腺癌需远赴美国就医。赵一荻狠心将十岁的儿子送到美国托付给朋友抚养，再次毅然来到了张学良的身旁。

一千多个日夜的思念，一千多个日夜的等待，再次相见，有委屈，有欣喜，而更多的是心疼。此刻的张学良，身上早已没有了往日的耀眼光辉，长年的软禁生活，更使他憔悴不堪。赵一荻更加抱紧了眼前的男子，她只知道，无论他变成哪般模样，他永远是自己的天堂。

张学良回抱了这个看似娇小实则坚强的女子。他从未如此强烈地感受到自己被需要，有这样一个人，不在意他的地位权势，不在乎他的财产家世，只在意他这个人，只一味关心着自己。什么才是真正的爱情？不过是洗尽铅华后的陪伴。

Edith：

……现在天气凉了，可以多买几盒"维克斯"咳嗽糖来，你喉咙不好，又可代替香烟，我也常要用，因为咳嗽糖，比法国铁盒的淡。那抗生素喉片是不可以任意用的。假如买不到，你就便问一问荣大夫，他能否介绍一类同维克斯一样可以随便用的药片，并且可以打听打听维克斯糖,有无害处,如果他说维克斯糖很好,台北买不到,能否托人在香港买一打两打来,你看着办吧。三日早八点半。

新竹已有新桔(橘)子上市,五元一斤,不酸,做桔(橘)子汁很好,所以美国桔(橘)子,可买可不买,随你的便,太贵,或不便就算了罢。老莫送给我一个做桔(橘)子汁等用的小机器,是用电灯电的,我们等于废物,日本制的我还没用哪,等你回来。三日下午五点多写的。

H. C.

(摘自张之宇著《张学良探微:晚年记事》,江苏人民出版社,2004年)

这是一九五五年九月期间张学良写给赵一荻的信,此时的赵一荻因病在台北就医。细心的叮嘱,如普通老夫老妻般关切。当感情被时光洗涤与验证后,所留下的,是那一份最质朴却最真挚的爱。当繁华落尽,生命返璞归真,最简单的,是最真实的,也是最浪漫的。

昨天,我在刘太太那里过节,吃完晚饭,八点多钟就回医务所。吴妈由王世忠陪着去看热闹,只剩我一个人冷冷清清,真是没有意思。这么多年没有分开过过节,不习惯了。昨天晚上台北月亮很好,街上人山人海,我想你是不是会在球场上赏月。听刘先生说他已打电话给熊队副,请他找几个人陪你去吃饭。我想总比较好一点,不至于太冷静吧!老徐问你要外国酒吃没有?我到台北来已经一个半月,我真是住够了!金窝、银窝,不如狗窝。在外面总是没有在山上舒服。

有几庄(桩)可笑的事,我本来想,我就要回去了,等我到家再给你讲。现在我既然还得一个礼拜才能回去,你在山上不闷得慌?我讲给你听,你亦好解闷……

咪咪

十月一日

(摘自佟静著《张学良全传》,经济日报出版社,2006年)

要如何幸运,才能获得两厢至死不渝的感情?"咪咪"是张学良对赵一荻的专属爱称,她便署名也用"咪咪"。即使外面的世界再光鲜亮丽,也丝毫不及你我共筑的那一隅天地。当习惯一个人的一切时,其他的都将变得无关紧要。

终于终于等到这一天,即使名分早已不重要,可张学良还是想给他与赵一荻的这段爱情一个圆满的结局。一九六四年七月四日,张学良和赵一荻举行婚礼。六十三岁的新郎与五十二岁的新娘,白了鬓白了发,却是世间最美的一对新人。

在两人举行婚礼前,于凤至同意与张学良离婚。于凤至是爱着自己的丈夫的,可她却愿意成全这一对有情人:"我是个通情达理的人。汉卿的苦楚我不是不知道。赵一荻是位难得的女子。二十五年来,一直陪着汉卿,同生死,共患难,一般人是做不到的。所以我对她也十分敬佩。现在由她陪着汉卿,汉卿高兴,我也放心。至于我个人的委屈,同他们所受的无边苦楚和寂寞比起来,又算得了什么。"能得到丈夫原配的理解与欣赏,赵一荻所付出的,是常人所无法想象的,但终究是无悔的。

被幽禁半个世纪后,随着蒋氏父子的先后去世,张学良逐渐恢复了自由。在张学良的百岁华诞上,有记者采访他,张学良握紧赵一荻的手,亲昵且自然地道出:"这是我的姑娘。"

二〇〇〇年六月二十二日,赵一荻走完了自己的一生。在她人生的最后时刻,张学良一直紧紧握着她的手。在追悼会上,神智恍惚的张学良不断呢喃:"她走了,我要把她拉回来。她关心我。"终究,这个陪伴张学良七十余载的女子永远离开了他。在赵一荻去世一年后,张学良也离开了人世,两人合葬于夏威夷。

即使沧海变桑田,我对你的爱也不变。这样一段千古绝恋,宛若一曲爱情之歌,永久回荡在天地间。

第四章

忘年之恋不相忘——鲁迅与许广平

爱情,可以让一个人变成另一个人,即使是不解风情之人,也会打心底生出许多柔情。未遇到爱情之前,鲁迅是一位如他文字般的人,严肃又冷眼于尘世;遇到爱情之后,鲁迅摇身一变,成为了一只"小白象",温柔多情。而这一转变,源于一位被唤作"小刺猬"的女子。

乖姑!小刺猬!

在沪宁车上,总算得了一个坐(座)位;渡江上了平浦通车,也居然定着一张卧床。这就好了。吃过一元半的夜饭,十一点睡觉,从此一直睡到第二天十二点钟,醒来时,不但已出江苏境,并且通过了安徽界蚌埠,列山东界了。不知道刺猬可能如此大睡,我怕她鼻子冻冷,不能这样……

家里一切如旧,母亲精神形貌仍如三年前,她说,害马为什么不同来呢?我答以有点不舒服。其实我在车上曾想过,这种震动法,于乖姑是不相宜的。但母亲近来的见闻范围似很窄,她总是同我谈八道湾,这于我是毫无关心的,所以我也不想多说我们的事,因为恐怕于她也不见得有什么兴趣。平常似常常有客来住,多至四五个月,连我的日记本子也都打开过了,这非常可恶,大约是姓车的男人所为。他的女人,廿六七又要来了,那自然,这就使我不能多住。

不过这种情形，我倒并不气，也不高兴，久说必须回家一趟，现在是回来了，了却一件事，总是好的。此刻是十二点，却很静，和上海大不相同。我不知乖姑睡了没有？我觉得她一定还未睡着，以为我正在大谈三年来的经历了。其实并未大谈，我现在只望乖姑要乖，保养自己，我也当平心和气，渡过豫定的时光，不使小刺猬忧虑。

今天就是这样罢，下回再谈。

你的小白象
五月十五夜

（摘自鲁迅，景宋著《两地书全编》，浙江文艺出版社，1998年）

他唤她为小刺猬，她唤他为小白象，这是只属于鲁迅与许广平两人之间的爱的专称。离别总是挑拨着有情人的心弦，牵扯出万端离愁别绪，却也见证了理还乱的思念。从踏上回老家路途的那刻起，鲁迅便开始牵挂身在上海的许广平。而彼此的想念，只能通过那一封封书信，慰藉那颗躁动的心。

鲁迅与许广平可谓是相识相知于信，在来往信件中，埋下了爱情的种子。一直认为信是有温度的，白纸黑字，寄托了书写者的情感。许广平是鲁迅的学生，在她写下第一封信寄给鲁迅后，两人便有了真正意义上的交集。之后两人之间的书信来往不断，而两人的感情，虽是水到渠成却也经历了诸多波折。

在相识许广平之前，鲁迅的人生中已出现了两个女子。其一便是鲁迅的青梅竹马琴姑。琴姑为鲁迅小舅父鲁寄湘的大女儿，即鲁迅的表妹。按照绍兴旧时婚俗，同姓不能成婚，但表亲可以通婚，即使是五代以内的近亲，也被认为是一桩亲上加亲的美事。

十来岁的琴姑样貌清秀，又知书达理，不仅能诵诗背书，还能读懂家里收藏的深奥医书。而年少时的鲁迅，才华出众，能写会画。男才女貌，时常在一起玩耍的两人自然互生好感。而且在两家长辈看来，鲁迅与琴姑的结合可谓是天作之合。

然而并非每件事都能遂人愿。绍兴有流传这么一条乡俗，男女成婚须生肖不犯冲，八字不相克。这种观念本带有迷信色彩，可在当时，很多人是相信的，因此有所忌讳。琴姑的属相是羊，而当地有俗语谓："男子属羊闹堂堂，女子属羊守空房"，因此琴姑被认为会克夫。鲁迅从小便被家人认定不好养，因此即使鲁迅的母亲鲁瑞很满意琴姑成为自己的儿媳，也不得不担心由于琴姑生肖犯冲而对鲁迅不利，最后这门亲事不了了之。

琴姑不久后便被父亲许配给了别人，不多久便郁郁而终。而在她临终前，琴姑对服侍她的贴身保姆说道："我有一桩心事，在死前非说出来不可，就是以前周家来提过亲，后来忽然不提了，这一桩事，是我的终身恨事，我到死都忘不了。"如此凄凉之话语，让人唏嘘不已。

自责亦或痛心，鲁迅以沉默代替了任何语言。之后鲁迅一心向学，并以优异的成绩获得去日本留学的机会。在日期间，鲁迅心系国家安危，积极找寻救治国家之方法。

母亲鲁瑞始终牵挂着儿子的婚姻大事，在多次劝说鲁迅回国成亲无效后，鲁瑞以自己病危的假消息骗得鲁迅回国。在日本接受了新式思想的鲁迅，是不满包办婚姻的，但他是一个孝子，为了遵循孝道，也为了不让女子因自己退婚而受辱，鲁迅接受了"母亲送给他的'礼物'"，娶了一位自己素未谋面的女子朱安。

婚姻并非爱情的保障，日久生情的前提亦是两人至少有共同的话题。鲁迅是一位接受了开明进步思想的青年，朱安则是一位典型的拥有封建旧思想的女子，两人之间的鸿沟犹如天河，话不投机半句多。

婚后不久，鲁迅便离家去往日本留学。感慨于中国人思想的麻木，鲁迅做出了弃医从文的决定，立志以自己的笔尖划出时代的最强音。

两位女子，两段经历，鲁迅这位文学上的巨匠，对男女之情算是失望透了，从此他的整颗心将交付于救国的志向。只是，感情的事是不能人为控制的，当爱情来临时，无人能够躲开。当鲁迅来到北京女子师范担任兼课老师时，一位名为许广平的女子走进了他的心里。

许广平出生于广东的一户颇有声望的家庭，祖父许应骙为清末名臣，官至礼部尚书。至其父，家道开始中落，但声名依旧，母亲则是一富商的女儿。许广平幼名崇嫡，入学校后改名广平，笔名景宋，人称许景宋，又因小名霞而有笔名"许霞""许遐"。自幼受到良好教育的她，思想前卫，成为了学生革命运动中的一员。

在倾心于老师鲁迅之前，许广平经历了一场刻骨铭心的爱恋。就读于国立北京女子师范学校的许广平，认识了自己的初恋李晓辉。志同道合的两人很快擦出爱的火花。遗憾的是，许广平不久后便生了一场重病，患了猩红热，几乎到了生命垂危的地步。幸运的是，在好友的帮助下，许广平重病痊愈，获得了新生，李晓辉却因前来看望照顾她而不幸染上猩红热，不治身亡。从此，李晓辉成为了许广平胸口的朱砂痣，不可磨灭。十八年后，许广平在文字中写道:"霞的怆痛,就像那患骨节酸痛者的遇到节气一样,自然会敏感到记忆到的,因为它曾经摧毁了一个处女纯净的心,永远没有苏转。"

幸运的是,上天安排了鲁迅与许广平的相遇。两颗受伤的心,更易接近。最初的一年里,两人并没有太多交集。他上课,她听课,仅此而已。一九二四年秋,由于国立北京女子师范大学校长的独裁统治,引起众多学生的抗议,爆发了学生运动。许广平便是众多学生中积极的一员,并因此遭受到学校迫害。处于迷茫中的许广平写信向鲁迅请教,两人的关系就此拉开了序幕。

"……苦闷之果是最难尝的……而苦闷则总比爱人还来得亲切,总时刻地不招即来,挥之不去。先生!有什么法子在苦药中加点糖分?现在的青年的确一日日的堕入九层地狱了!或者我也是其中之一……先生!我现在希望你把果决的心意缓和一点,能够拯拔得一个灵魂就先拯拔一个!先生呀!他是如何的'惶急待命之至'!"
(摘自鲁迅著《鲁迅全集编年版第3卷1925》,人民文学出版社,1925年)

信的落款处为"受教的一个小学生许广平"。让许广平惊讶的是,鲁迅迅速给她回了信。而让她更为惶恐的是,鲁迅在回信中称呼她为"广平兄"。诚惶诚恐的许广平愧不敢接受自己仰慕的老师称呼自己为"兄",立刻回信表达了自己的惶恐与疑惑,鲁迅再次回信给她,耐心解释了如此称呼她的原因。原来鲁迅称呼朋友、同学亦或自己的学生都用"兄",平等而又不生疏,"兄"

之一字,并非"老哥"的意思。许广平欣喜地接受了鲁迅的解释。

在之后的日子里,两人通信频繁。虽然相差十七岁,两人之间却没有丝毫隔阂。许广平在信中道出自己的疑惑与所想,鲁迅都会耐心为她解惑,并道出自己与她的共鸣。一位老师,一个学生,却有着相似的性情,渴望着真理与光明。从政治到文学到生活中的点滴小事,两人无所不谈,无话不聊。

随着两人关系的拉近,两人书信中的话语亦更为活泼。许广平自称为"小鬼",鲁迅会揶揄她为"害马"。许广平简直变成了顽皮的小孩,她会写信嘲笑他酒量不行,鲁迅亦回归了那颗童心,回信"反击"她为"害马",并故意敬称许广平为"广平仁兄大人阁下",继而"贬低"她即将发表于自己主编的《莽原》中的文章。许广平当仁不让,以"愚兄"的身份语重心长地表明要"家法"伺候"嫩弟手足"。

或互损或调侃,这一对师生,俨然成为了两个调皮的孩子。两人的拌嘴,妙趣横生,却分明亲昵得宛若家人。感情早已不复普通的师生情,两人却都没有表明心迹。对于鲁迅来说,他已有妻子,尽管并非他所愿。如果两人走到一起,许广平无疑也会受到外界的责难。对于鲁迅的顾忌,许广平不是没有感觉。他是自己倾慕的恩师,她害怕这份感情不过是自己的一厢情愿。

两人的感情最终有了突破的契机。学校在"女师大风潮"镇压无果后,下令开除了许广平等学生。许广平的家远在广东,被迫离校后无处可居住,鲁迅便让她住到自己家,并为她安排了一项任务,替自己抄稿子。所谓患难见真情,在这段同住一个屋檐下的日子里,鲁迅的关心与体贴,许广平的坚强与率真,都在彼此的眼中开出花来,两人的感情结出了果实。

爱情的力量是强大的。爱情给予了许广平足够的勇气，让她敢于挑战旧社会的枷锁，直面封建伦理捍卫者的诘难。一篇《风子是我的爱》，许广平大声喊出了两人的爱情："不自量也罢！不相当也罢！同类也罢！异类也罢！合法也罢！不合法也罢！这都于我们不相干，于你们无关系，总之，风子是我的爱。"

而"偌大的风子"的鲁迅，在许广平的坚决与真诚打动下，终被她所战胜，甘于做她的"俘虏"。既然肯定了彼此的心意，鲁迅便无畏于"吃人"的封建礼教，也无畏于他人的指责与讥讽，成为爱情的勇士。

于动荡的社会之中，有志之士从来都是心系国家的。为了各自的事业与理想，一九二六年九月，鲁迅与许广平分别乘船去往厦门与广州。

广平兄：

我在船上时，看见后面有一只轮船，总是不远不近地走着，我疑心是广大。不知你在船中，可看见前面有一只船否？倘看见，那我所悬拟的便不错了。

此地背山面海，风景佳绝，白天虽暖——约二十七八度——夜却凉。四面几无人家，离市面约有十里，要静养倒好的。普通的东西，亦不易买。听差懒极，不会做事也不肯做事，邮政也懒极，星期六下午及星期日都不办事……

迅

九月四日夜

（摘自鲁迅著《鲁迅全集编年版第 4 卷 1926》，人民文学出版社，1926 年）

太过思念，便猜想后面的船是否可能是许广平所乘坐之船。期盼所写的信能早日到达思念之人的手中，竟埋怨起邮政来。此时的鲁迅，只是一个普通人，一个一心牵挂着心上人的普通男子。不过，被思念扰乱心神的并非鲁迅一人。

MY DEAR TEACHER：

　　船中热甚，一房竟夕惟我一人，也自由，也寂寞，船还停着，门窗不敢打开，闷热极了！好在虽然时时醒来，但也即睡去；臭虫到处都是，不过我尚能安眠。只是因为今晚独自在船，想起你的昨晚来了。本来你昨晚下船没有，走后情形如何，我都不知道，晚间妹妹们又领我上街闲走，但总是蓦地一件事压上心头，十分不自在，我因想，此别以后的日子，不知怎么样……

YOUR H. M.
六日下午三时

（摘自鲁迅著《鲁迅散文全集》，长江文艺出版社，2005年）

　　H. M. 是"害马"两字的拼音缩写。才分别，许广平便害了相思病。心里有所牵挂，便无心于其他的事。思念之人不在身旁，其他的一切了然无趣起来。此时的许广平，没有了往昔革命运动中的那份果断与理智，俨然一副小女子心态。

　　一九二七年十月十八日，分开的两人迎来了相聚之日，鲁迅与许广平分别从厦门与广州相聚于上海。在这里，两人开始了人生中共同生活的日子，成为有实无名的夫妻。

　　鲁迅是文学上的骑士，爱情则给予了他更多的灵感。在鲁迅与许广平结合后的十年间的作品,数量多于他前二十年的作品,并于期间创作了唯一一本婚恋小说《伤逝》。许广平成为了他的妻子,悉心照顾着鲁迅的生活起居;许广平亦是他的工作伙伴,帮助鲁迅校稿、整理资料。没有太多轰轰烈烈的激情,只有相濡以沫的平凡生活,却点滴都是温情。一九二九年九月二十七日,两人迎来了爱情的结晶。因孩子出生在上海,鲁迅便为孩子取名为海婴。从此,家里有了更多的欢声笑语。

然而,幸福的日子总是过得太快。鲁迅还未来得及看着自己八岁大的孩子长大成人,尚未来得及陪伴妻子慢慢变老直到白发,便因病逝世。

三十八岁的许广平,送走了五十六岁的鲁迅。斯人已逝,只要活着的人还惦记着他,那他便是永恒的。时光寂静,许广平化身为鲁迅藏书的守护者,循着他的足迹前行。

第五章

良缘佳偶本天成——梁启超致李蕙仙

每个成功男士的背后，都有着为其付出的女子，梁启超也不例外。从最初的无名小卒到叱咤风云的政客与学者，发妻李蕙仙的下嫁及其对梁启超的支持与付出，成为他奋发救国的坚强后盾，而他与她之间的爱情，则成为一段才子佳人的传奇。

蕙仙鉴：

南海师来，得详闻家中近状，并闻卿慷慨从容，词色不变，绝无怨言，且有壮语。闻之喜慰敬服，斯真不愧为任公闱中良友矣。大人遭此变惊讶，必增抑郁，惟赖卿善为慰解，代我曲尽子职而已。卿素知大义，此无待余之言，惟望南天叩托而已。令四兄最为可怜，吾与南海师念及之二辄为流涕此行性命不知何如，受余之累，恩将仇报，真不安也。

……卿此时且不必归宁（令十五兄云拟迎卿至湖北），因吾远在外国，大人遭此患难，决不可少承欢之人，吾全以此每奉托矣。卿之与我，非徒如寻常人之匹偶，实算道义肝胆之交，必能不负所托也。（摘自耿沫编著《民国的柔情大师写在指尖上的爱情》，中国言实出版社，2005年）

于男性而言，最佳配偶应是怎样的？莫过于亦妻亦友罢。妻，可谓是距离上最亲密之伴侣；友，则更多的是精神上相惜之知己。李惠仙成为梁启超的"闺中良友"，他与她之间的爱情，于硝烟四起的年代，比寻常夫妻多了一份决然与忠义。

在一段婚姻中，感情与物质皆备是最理想的状态。然而当必须二者择一，选择爱情还是面包，成为一道让人难以抉择的命题。对于李惠仙来说，这道命题无须斟酌，她用自己的行动给出了最圆满的回答。

出生于官宦世家的李惠仙，父亲为顺天府尹李朝仪。从小接受良好教育的李惠仙，精通琴棋书画，善吟诗作文，是典型的清末大家闺秀。相对于李惠仙的豪门出身，梁启超的家世则显得普通。祖籍广东省新会县熊子乡茶坑村的梁启超，其先祖为中原南逃的难民。梁氏家族世代耕田，直到其祖父以及父亲，才成了识文断字的秀才。英雄不问出处，普通的身份丝毫不影响梁启超的杰出才能。

从小便极富天赋的梁启超，才学斐然。十七岁的梁启超参加了广州的乡试，腹有诗书又壮志满怀的他考取了举人。更幸运的是，"穷书生"被此次的主考官，亦是吏部尚书的李端棻相中。李端棻看重梁启超的才能，认为其潜能无限，来日必是国家良才。当李端棻主动为梁启超与自己的堂妹李惠仙牵线，梁启超不无欣喜。才子佳人，本就是天赐良缘。

来年金榜题名时，便是梁启超与李惠仙的成亲之日。奈何天公不作美，次年梁启超不幸落第于京师会试，只得于万木草堂跟随康有为继续学习。面对抱负未展，只有举人身份的梁启超，李惠仙却同意如期下嫁。

婚礼在一间简单的书屋中举行，没有奢靡礼金，没有高朋满座，唯有两颗真心。光绪十七年，二十三岁的李惠仙嫁给了十九岁的梁启超，两人许诺了彼此一生。

从千金小姐到"糟糠之妻"，李惠仙很快完成了身份的转变。遵礼节，尽孝道，她是真正的小姐，却没有丝毫的小姐架子。梁启超的继母不过长李惠仙两岁，面对几乎与自己同龄的婆婆，李惠仙却很好地处理了这段婆媳关系。她成为真正的贤妻良母，维持了家庭的和睦，而她的丈夫，可以无忧地奔赴救国的壮志之道。

国家危亡，有志之士于救亡图存的理想中肝脑涂地。如果说天下兴亡，匹夫有责，于巾帼而言，匹妇亦有责。对于丈夫的救国事业，李惠仙是全力支持的，并于行动上给予梁启超支持。当梁启超于上海创办《时务报》，宣传维新思想，并建立上海女子学堂，李惠仙毫不犹豫出任了学堂校长，成为中国历史上第一位女校长。"卿本达人，志气不同凡女子"，有这样一位志同道合的妻子，梁启超是感到幸运的。

当以挽救国家于危亡之中的维新变法轰轰烈烈开展后，维新人士为之振奋，梁启超亦于史册留下重重一笔。只是，细节所起的作用不容小觑。虽然梁启超博学多才，思想独特，深得光绪皇帝的赏识，却由于梁启超不懂官话，只会粤语而导致两人之间的交流不便。逐渐丧失耐心的光绪帝不愿再与梁启超说话，赏赐给他的官职亦不过为六品小官。

大展宏图是需要身处高位的，尤其是处于乱世。如果因小事而办不成大事，这样的结果是让人能以接受的。敢于承认不足而改进的人才会进步，梁启超知道自己的方言是一道硬伤，便虚心向妻子请教。李惠仙自小生活在京城，十足的京腔官话，于是她成为丈夫的语言教师。在李惠仙的耐心教导下，梁启超的官话有了飞速的进步。

变革是曲折的，维新变法也不例外。当帝后之争白热化后，权力有限的光绪帝被掌握大权的慈禧太后软禁，变法失败。梁启超作为变法的主要参与者，成为朝廷的罪犯，最终只得逃亡日本。

考验一个人秉性的最佳方法莫过于突来横祸。为了逃避朝廷的政治迫害，李惠仙果断携带全家老小前往澳门，避开了这场灾难。梁启超身在日本，顾及不了家庭，家里的一切落在李惠仙的肩膀。谁说女子不如男？家里的顶梁柱不在身边，李惠仙便承担了照顾家人的重任。"卿我之患难交，非犹寻常眷属而已"，所谓的同甘共苦，便是如此吧。

患难之中方显真情，然而这并不代表没有委屈。李惠仙成为家中的支柱，她必须足够坚强，才能给予家人战胜困难的信念。流离颠簸的生活，带给李惠仙的，除了惊恐，不无委屈。只是，这是她自己选择的生活，即使再艰难，也得坚持下去。

逃亡在外的梁启超是理解并感恩妻子的，虽忙碌于政事，他还是不忘写作一封封家书，"衣冠虽异，肝胆不移。见照如见人。"他把自己的近照寄给妻子，以期给远方的妻子以安慰。

然而，即使是经受了时间考验的感情，也并非会没有曲折。当梁启超从日本来到美国宣传维新思想时，另一个女子出现在了他的世界里。

不会英语的梁启超很是苦恼，语言不通，便无法很好地进行政治宣传工作。就在梁启超不得其法之时，一位名为何惠珍的华侨女子帮助了他。在一次何氏华侨的宴会上，梁启超慷慨激昂地进行了政治演讲，从小生活于美国的何惠珍则担当了梁启超演讲的翻译，用标准的英语完美地配合了梁启超。

有时候默契并不需要时间来培养。在梁启超之后的演讲中，何惠珍继续担任了梁启超的翻译助手。有了何惠珍的帮助，梁启超的变法宣传工作顺利开展。随着了解维新变法人数的增多，一些人开始站出来反对梁启超的主张，一家英文报刊登文抨击了梁启超。梁启超擅长辩论，且满腹经纶，奈何他不懂英文，因此无法反驳。然而很快，数篇英文文章对抨击进行了有力的反驳，而这些文章的作者，则是何惠珍。

除感激外，梁启超对何惠珍有了更多的欣赏，并向她学习英文。面对一腔爱国热血又博学多才的梁启超，何惠珍心里生出爱慕之意。何惠珍知道梁启超已娶妻，但爱就爱了，如果今生不能在一起，她愿意等待来生。何惠珍向梁启超表达了自己的倾慕，梁启超的一些朋友亦认为两人应该结合。

梁启超对何惠珍亦不无好感，面对她的深情告白，梁启超有瞬间的失措。他已有妻子，且他提倡"一夫一妻"，他不能接受何惠珍的感情。只是，明明一言拒绝了何惠珍，梁启超的心情却变得不复平静。梁启超有了苦恼，便把这一切写信向妻子倾诉。

"君非女子，不必从一而终。"看着妻子的回信，梁启超终于不再彷徨，他明白了什么才是自己最难以割舍的。

与卿相居十年，分携之日，十居八九，彼此一样，我可以对卿无愧，虽自今以后，学大禹之八年在外，三过其门而不入，卿亦必能谅我。若有新人双双偕游各国，恐卿虽贤达，亦不能无小芥蒂也。一笑！吾虽忙杀，然知卿闲杀闷杀，故于极忙之中，常不惜偷半夕之闲，写数纸与卿对语。任公血性男子，岂真太上忘情者哉。其于蕙珍，亦发乎情，止乎礼义而已。

（摘自耿沫编著《民国的柔情大师写在指尖上的爱情》，中国言实出版社，2015年）

　　梁启超向妻子坦白了自己对其他女子的动心，却得到了妻子的谅解，并表明如果他真心想要与何蕙珍在一起，自己可以成全他们。这一刻，梁启超才明白，他可以断绝与何蕙珍的感情，却不能辜负李惠仙。

　　唯有经历过诱惑，才能说不畏诱惑。梁启超恢复了理智，李惠仙则用她的大度于无形中化解了两人的感情危机。

　　当护国战争爆发后，梁启超再次离家参加这次战役。"上自高堂，下至儿女，我一身任之。君为国死，毋反顾也。"有了妻子的谅解与支持，梁启超义无反顾地奔向了战场。什么是真正的爱情？那便是你可以为我撑起一片天空，我也可以成为你的依靠。

　　于平常的生活中，即使是相爱的夫妻，亦会产生诸多矛盾。而在梁启超与李惠仙的婚姻中，两人一直相敬如宾，只吵过一次架。而这仅有的一次吵架，成为梁启超心中不可磨灭的悔恨。一九二四年九月十三日，享年五十五岁的李惠仙因病去世。

我德有阙，君实匡之；我生多难，君扶将之；我有疑事，君榷君商；我有赏心，君写君藏；我有幽忧，君噢使康；我劳于外，君煦使忘；我唱君和，我揄君扬；今我失君，只影彷徨。

一首《祭梁夫人文》，诉说了妻子这一生的陪伴，却道不尽自己的伤痛与对亡妻的思念。

上穷碧落下黄泉，从此再也找不到那抹身影。只是，那些携手相伴的回忆，那段矢志不渝的爱恋，那份悱恻缠绵的相思，不会消散于时空。

第六章

情深不寿爱长流——高君宇与石评梅

"恩情山海债,唯有泪堪还。"前世神瑛侍者用水浇灌了绛珠仙草,今生林黛玉便用一生的眼泪来报答贾宝玉,为世人演绎了一段红楼的凄美奇情。当虚构成为现实,于硝烟四起的民国,亦上演了一场生死绝恋。"我只有把剩下的泪流到你坟头,直到我不能来看你。"石评梅用余生的泪水,祭奠爱人高君宇的坟头,偿还他那一生的深情。

评梅:

你中秋前一日的信,我于上船前一日接到。此信你说可以做我唯一知己的朋友。前于此的一信又说我们可以做以事业度过这一生的同志。你只会答复人家不需要的答复,你只会与人家订不需要的约束。

你明白地告诉我之后,我并不感到这消息的突兀,我只觉得心中万分凄怆!我一边难过的是:世上只有吮血的人们是反对我们的,何以我唯一敬爱的人也不能同情于我们?我一边又替我自己难过,我已将一个心整个交给伊,何以事业上又不能使伊顺意?我是有两个世界的:一个世界一切都是属于你的,我是连灵魂都永禁的俘虏;在另一个世界里,我是不属于你,更不属于我自己,我只是历史使命的走卒。假使我要为自己打算。我可以去做禄蠹了,你不是也不希望我这样做吗?你不满意于我的事业,但却万分恳切地劝勉我努力此种事业;让我再不忆起你让步于吮血世界的结论,只悠悠地钦佩你牺牲自己而鼓舞别人的义侠精神!

我何尝不知道:我是南北飘零,生活在风波之中,我何忍使你同入此不安之状态。所以我决定:你的所愿,我将赴汤蹈火以求之,你的所不愿,我将赴汤蹈火以阻之。不能这样,我怎能说是爱你!从此我决心为我的事业奋斗。就这样飘零孤独度此一生,人生数十寒暑,死期忽忽即至。奚必坚执情感以为是。你不要以为对不起我,更不要为我伤心。

这些你都不要奇怪,我们是希望海上没有浪的,它应平静如镜;可是我们又怎能使海上无浪?从此我已是傀儡生命了,为了你死,亦可以为了你生,你不能为了这样可傲慢一切的情形而愉快吗?我希望你从此愉快,但凡你能愉快,这世上是没有什么可使我悲哀了!

写到这里,我望望海水,海水是那样平静。好吧,我们互相遵守这些,去建筑一个富丽辉煌的生命,不管他生也好,死也好。

君宇
九月二十二日

(摘自徐志摩等著《旧时光的爱恋遗落在岁月中的老情书》,中国华侨出版社,2014年)

当爱到不说爱,该是怎样一种深情?无论石评梅是否接受自己,高君宇都将一如既往深爱着她。他的整个世界属于她,他的一切关乎她。为她生，为她死，喜怒哀乐都随她。而抱着"独身主义"的石评梅，却最终拒绝了这一份深情。

出生于书香门第的石评梅，父亲石铭是清末举人，母亲亦有才名。石评梅有一个哥哥，且她是父亲所娶的续弦所生，但自幼聪明的她，深受父母的宠爱。父亲石铭更是依"白璧无瑕"之寓意，为她取名"汝璧"。无论是琴棋书画，还是诗词歌赋，石评梅都很擅长，她的风琴演奏更是被人称赞。

小学毕业后的石评梅考入太原女子师范学校，品学兼优的她受到老师以及同学们的喜欢。在校期间，十二岁的石评梅勾画了一幅《雪梅图》，由此获得"晋东才女"之美称。石评梅爱梅成痴，亦给自己取了一个笔名评梅。而这一名字，日后与萧红、张爱玲、庐隐并肩齐驱，博得了"民国四大才女"的美名。

于动荡时代，不论是巾帼还是须眉，"救国"二字始终是热血青年的奋斗目标，石评梅亦是这样一位女子。学生时代的她，心忧国家，并组织了爱国反抗学潮，曾差点被学校开除。而五四运动的爆发，让石评梅爱国之心为之振奋。在父亲石铭的支持下，毕业后的她考入了北平女子高等师范学校。石评梅原本想要报考学校的国文系，哪知国文系这年不招生，便改报了体育系。

石铭因不放心女儿独自一人去往北平，便嘱托同往北平的同乡才子吴念秋照顾石评梅。吴念秋毕业于北京大学，此时正任一家诗刊杂志的编辑。冰雪聪明的石评梅让吴念秋备有好感，当石评梅于北平安定后，吴念秋便以同乡人的身份经常来看望她。

在这段求学的日子里，石评梅醉心于诗与散文，以此倾诉着对真理与自由的追求。在石评梅的辛勤耕耘下,她的诗歌、散文、游记、小说开始被刊登在全国北京各个报纸杂志上,并被时人称为"北京著名女诗人"。也是在这里,石评梅认识了一生的挚友庐隐和陆晶清。

同处异乡,两颗年轻的心更易接近,何况吴念秋本就有所图。在这段时间的交往中,吴念秋精心为石评梅编制了一场骗局。吴念秋打听到石评梅喜爱梅花,便制作了一些精致的梅花书笺,甚至还特意刻上"评梅用笺"四字。

情窦初开的石评梅终究没能逃离开吴念秋精心构织的情网,逐渐陷入了这场爱的骗局中。外表俊朗的吴念秋无疑是情场高手,他会深情款款对石评梅道出"这一切,是因为我爱梅"的情话。未经情事的石评梅怎能抵得住吴念秋的情场进攻?对爱情满怀憧憬的她沦陷在了吴念秋为她构造的美梦中,并许下"终身不嫁第二人"的誓言。

梦再美,终究会有醒来的一天。三年后的一天,石评梅无意间撞破了吴念秋的骗局。原来吴念秋不仅早有妻室,且有一儿。而这一切,吴念秋从来都没有告诉过她。在石评梅把自己最好年华交给吴念秋时,他却欺骗了她。爱得越深伤得越深,三年的时光有多幸福,现在的石评梅就有多狼狈。

被爱伤透了心的石评梅决然要与吴念秋分手,哪知吴念秋不肯放手,更威胁要将石评梅与他的情书公示于报。此刻的石评梅,才彻底看清这个自己爱了三年的男子。除了悔恨与伤痛,三年的时光之于她,什么也没有留下。

这一场爱的骗局，耗尽了石评梅所有的气力。不再相信爱情的她，不愿再被爱情所伤的她，决意"独身"，终身不嫁。

感情上遭遇不幸的石评梅，一度陷入了低迷状态，直到另一个男子出现。

如果说石评梅遇上吴念秋是她的不幸，那么经由吴念秋介绍而认识高君宇，则是吴念秋带给她的唯一幸运。石评梅是在同乡会上认识高君宇的。高君宇作为五四运动的领袖之一，名声早已遍于国内。而让石评梅更为惊讶的是，高君宇竟曾经是自己父亲的学生。

同为热血青年的两人很快熟络起来。石评梅敬佩高君宇的远大抱负与爱国之志，高君宇欣赏石评梅的才学与革命热情。在往来交往中，高君宇渐渐动心于石评梅。当高君宇知晓吴念秋带给石评梅的伤害后，他很是愤怒，更多的是对石评梅的心疼。

高君宇想要抹平石评梅心中的伤痛，想要给她自己的爱。可是，他不敢向她表明自己的心意。在他十八岁时，父母给高君宇定了一桩婚姻。高君宇坚决反对，在父亲被他气晕后，无奈答应这门亲事。对于那段名存实亡的婚姻，高君宇根本不在意，可他不能不顾及妻子以及石评梅的感受。

作为共产主义斗士，高君宇积极投身于革命活动中。为了躲避敌人的追捕，高君宇的一举一动须极为谨慎。在这段时间里，高君宇与石评梅便通过书信交流。他懂她内心最柔软的地方，她敬他内心的无畏与奉献，两人成为无话不谈的知己。

高君宇是彻底爱上了才华横溢的石评梅。他的世界被分成了两个,一个装着他的革命事业,一个充盈着石评梅的一颦一笑。

由于高君宇长期为了革命而奔波于各地,不负重荷的他终于病倒。在北京西山养病期间,高君宇对石评梅的思念更甚。经不住相思的折磨,高君宇于西山摘下一片红叶,附言"满山秋色关不住,一片红叶寄相思",寄给了石评梅。在这次的信件中,高君宇向石评梅坦白了自己家中有一位包办婚姻的妻子。

面对高君宇的深情一片,石评梅不是不感动,不是没动情,只是经历过才更懂得,她不想让另一个女子如自己般受到伤害。而且,过往的那段爱情,早已把她伤得体无完肤,她不敢再相信爱情。一句"枯萎的花篮不敢承受这鲜红的叶儿",拒绝了高君宇。

"你的所愿,我将赴汤蹈火以求之,你的所不愿,我将赴汤蹈火以阻之。"如果爱情不是石评梅所想要,那他就以知己的身份陪在她身边。她只想要一份"冰雪友情",那他就是石评梅的朋友。

当石评梅不幸患上猩红热,高君宇便衣不解带地陪在她身边,照顾她,直到她痊愈。高君宇不是吴念秋,石评梅一直知道,她亦感受得到高君宇那颗滚烫的心。只是,午夜梦回,过往的伤害仍旧清晰地浮现在脑海。

一九二四年五月,高君宇接到上级命令去山西建立党组织。回到家乡的高君宇与妻子离了婚,并写信告知了石评梅这一切。对于高君宇为了她所作的一切,石评梅不无感动,可是,她还是忘不掉过去的伤害。

再次被拒绝,高君宇不无失落,但他并没有放弃。献身于革命事业中的高君宇,生命随时会遇到威胁。一九二四年九月,广州商团突发武装叛乱，高君宇虽迅速平息了此次暴动，却差点丢掉了性命。

我虽无力使海上无浪，但是经你正式决定了我们命运之后，我很相信这波澜山立狂风统治了的心海，总有一天风平浪静，不管这是在千百年后，或者就是这握笔的即刻。我们只有等候平静来临，死寂来临，假如这是我们所希望的。容易丢去了的。便是兢兢恋守着的；愿我们的友谊也如双手一样，可以紧紧握着的，也可以轻轻放开。宇宙作如斯观，我们便毫无痛苦，且可与宇宙同在。

双十节商团袭击，我手曾受微伤。不知是幸呢还是不幸，流弹洞穿了汽车的玻璃，而我能坐在车里不死！这里我还图着几块碎玻璃，见你时赠你做个纪念。昨天我忽然很早起来跑到店里购了两个象牙戒指。一个大点的我自己带在手上，一个小的我寄给你，愿你承受了它。或许你不忍吧！再令它如红叶一样的命运。愿我们用"白"来纪念这枯骨般死静的生命。

（摘自徐志摩等著《旧时光的爱恋遗落在岁月中的老情书》，中国华侨出版社，2014年）

即使被拒绝，他还是不能自已地深爱着她。当他所乘坐的车被流弹击中，于生死一刻，心中所念的还是那一个人吧。

有这样一种人，一旦爱上，便如飞蛾扑火般绝然，在爱情中没有给自己留任何余地。而这样一种挚情，一旦被辜负，便可能万劫不复。石评梅是这样一种人，高君宇也是。

正因为全心全意付出过,却被伤得遍体鳞伤,痛入神经。害怕再次被辜负,害怕辜负他人,所以宁愿一个人的孤单,也拒绝他人的靠近。只是,当一个人用自己的生命在爱,这样一种深情,是不应该被辜负的。石评梅冰冷的心开始有了温度,即使没有回应高君宇的表白,却也接受了他寄给自己的象牙戒指。

当高君宇随孙中山回到北京后,再次因过度劳累而病倒,并住进了德国医院治疗。石评梅带着象牙戒指前去看望高君宇,并陪伴在他身旁。心情好,高君宇身体恢复得更快。在高君宇痊愈后,石评梅经常陪高君宇散步陶然亭。陶然亭对于高君宇来说有着特别的意义,这个地方是他往昔进行革命的地方,是他革命理想实现的摇篮。

在朝夕相处中,石评梅渐渐放下心防,两人的感情有了进一步的突破,陶然亭成为了两人感情的见证者。

即使现在没能得到石评梅的答应,高君宇相信不过是时间的问题罢了。总有一天,石评梅会答应自己,而他不会再让她受到一点伤害。只是,高君宇没想到的是,时间并没有给他机会。

回到北平后,高君宇再次投入到工作之中,亦再一次因劳累过度而病倒,并得了急性阑尾炎,需要动手术。

闻讯赶来的石评梅看到被疼痛折磨的高君宇,心像被刀割,只愿能够替他承受着病痛。这一刻,石评梅终于承认,自己早已爱上这个情深似海的男子。

因工作石评梅不得不暂时离开高君宇,可是她没想到的是,再次见面,竟是阴阳相隔。

辛！你的生命虽不幸早被腐蚀而天逝。不过我也不过分地再悼感你在宇宙间曾存留的幻体。我相信只要我自己生命闪耀存在于宇宙一天，你是和我同在的。辛！你要求于人间的，你希望于我自己的，或许便是这些吧！

深刻的情感是受过长久的理智的熏陶的，是由深谷的潜流中一滴一滴渗透出来的。我是投自己于悲剧中而体验人生的，所以我便牺牲人间一切的虚荣和幸福，在这冷墟上，你的坟墓上，培植我用血泪浇洒的这束野花来装饰点缀我们自己创造下的生命。辛！除了这些我不愿再告你什么，我想你果真有灵。也许赞我一样的努力。

一年之后，世变几迁，然而我的心是依然这样平静冷寂的，抱持着我理想上的真实而努力。有时我是低泣，有时我是痛哭。低泣，你给予我的死寂；痛哭，你给予我的深爱。然而有时我也很快乐，我也很骄傲。我是睥视世人，微微含笑，我们圣洁的、高傲的、孤清的生命巍然峙立于皑皑的云端⋯⋯

我并不感伤一切既往，我是深谢着你是我生命的盾牌，你是我灵魂的主宰。从此就是自在的流，平静的流，流到大海的一道清泉。辛！一年之后，我在辗转哀吟，流连痛苦之中，我能告诉你的，大概只有这些话。你永久沉默的死寂的灵魂呵！我致献这一篇哀词于你吐血的周年这天。

（摘自杨泉福等编著《哲人的心灵对话：中外名人社交书信大全》，陕西人民出版社，1989年）

辛，即高君宇。在高君宇生前石评梅没能给他一个明确答复，如今悔之晚矣。电影《大话西游》中有这么一段话:"曾经有一份真诚的爱情放在我面前,我没有珍惜,等我失去的时候我才追悔莫及。人世间最痛苦的事莫过于此。"有些机会只有一次,错过便是永远失去。

依照高君宇生前的愿望,他被葬在陶然亭。"君宇!我无力挽住你迅忽如彗星之生命,我只有把剩下的泪流到你坟头,直到我不能来看你的时候。"于墓碑上,石评梅刻下了这句爱的誓言。往后的岁月里,石评梅用余生的眼泪,来祭奠此生最深的眷恋。

三年后,年仅二十六岁的石评梅因患脑膜炎而离开了人世。"生前未能相依共生,愿死后得并葬荒丘",依照石评梅的遗愿,她被葬在了高君宇的墓旁。于那方荒丘,她终究永远陪伴在了他的身旁。

第七章

愿得一人共白头——闻一多致高孝贞

自古包办婚姻下的新人,不幸福的远比幸福的多。从陌生人到夫妻,不过一场婚礼,一次仪式,却唯独没有最重要的感情。于民国期间,成为包办婚姻下的牺牲品,多不胜数。而闻一多与高孝贞这一对,则是包办婚姻下的幸运儿。

亲爱的妻:

这时他们都出去了,我一人在屋里,静极了,静极了,我在想你,我亲爱的妻。我不晓得我是这样无用的人,你一去了,我就如同落了魂一样。我什么也不能做。前回我骂一个学生为恋爱问题读书不努力,今天才知道我自己也一样。这几天忧国忧家,然而最不快的,是你不在我身边。亲爱的,我不怕死,只要我俩死在一起。我的心肝,我亲爱的妹妹,你在哪里?从此我再不放你离开我一天,我的肉,我的心肝!你一哥在想你,想得要死!亲爱的:午睡醒来,我又在想你。时局确乎要平静下来,我现在一心一意盼望你回来,我的心这时安静了好多。

十六日

(摘自闻一多著《闻一多书信集》,群言出版社,2014年)

比起一见钟情的刹那心动,更动容于日久生情的相濡以沫。

对于闻一多来说，父母之命下的婚姻，不过是一场被迫交易。幸运的是，在不断相处中，妻子高孝贞跟上了他的步伐，最终成为了那个能够与他并肩而立的女子，感情亦于寻常日子里滋生，开出爱情之花来。

闻一多原名闻家骅，出生于重视教育之家庭。闻一多从小就在诗词方面表现出天赋，年少的他才名外扬。待闻一多十三岁时，清华留美预备学校开始全国招生，招考科目为国文与英语两门，湖北地区总招四人。闻一多参加了此次考试，未学过英文的他自然意料之中的没考好。只是，让所有人包括闻一多自己意外的是，他竟被录取了。原来闻一多在考国文时仿照梁启超的行文风格写了一篇《多闻阙疑》，受到主考官的赏识，闻一多被破格录取。

按照清华的规定，待学生学满八年后，便公费留学美国。在进入清华学习之初，闻一多便为自己取了这一名字。满腔热血的闻一多，积极参加革命运动，用一支笔抒发自己的抱负。在清华求学的这段时间里，闻一多的文学才华不断得到提升，发表的《西岸》等作品受到好评。因对新诗的钟情，闻一多与梁实秋等人发起成立了清华文学社，并致力于新诗的研究。

一九二二年，当闻一多即将从清华毕业前往美国，家人却强硬要求他回家成亲。家人担心闻一多赴美学习后会难以掌控，在他十四岁的时候便为他定了一门亲事，对方是小他四岁的姨表妹高孝贞。

高孝贞出生在一个官宦之家，父亲高承烈在广东、安徽等地担任过官职。走南闯北的高承烈思想开明，并不要求高孝贞缠足。尽管如此，高孝贞没有读什么书。

经历了五四运动洗礼的闻一多,自是反感包办婚姻。没有感情的结合何来幸福之说?闻一多激烈反抗过,却最终只得妥协。闻一多答应了回去成亲,但提出了"不祭祖、不跪拜、不闹洞房"的要求,家里妥协了。

婚礼是热闹的,但这热闹与作为新郎的闻一多无关。新婚期间,闻一多一心扑在读书作诗上,对于妻子高孝贞,则态度冷淡。闻一多与书房度过了自己的蜜月,并在这期间写了两万多字的《律诗的研究》。

闻一多曾在《评本学年周刊里的新诗》一文中写道:"严格说来,只有男女间恋爱的情感,是最热烈的情感,所以是最高最真的情感。"可见,闻一多对爱情的愿景是崇高的、美好的,他亦憧憬一份理想的爱情。只是,希望与失望是成正比的。当闻一多感受到自己的愿景与现实是天壤之别时,不由地发出慨叹。"我不肯结婚,逼迫我结婚,我不肯养子,逼迫我养子……家庭是一把铁链,拥着我的手,搁着我的脚,搁着我的喉咙,还捆着我的脑筋;我不把他摆脱了,撞碎了,我将永远没有自由,永远没有生命!"在他写给弟弟的信中,闻一多表达了自己的悲愤之情。

诗人的身心本该是自由的,闻一多却被凡尘的旧俗所束缚,无奈却无能为力。春季开学之后,闻一多便逃也似的回到学校继续学业。远离了困笼,闻一多有了更多的思考。闻一多痛恨自己难以摆脱旧封建礼俗的束缚,却也明白妻子亦是包办婚姻的牺牲品,且他本来就是一位有心有情之人。即使婚姻并非他愿,但他没有想过抛弃高孝贞。本着诗人的纯真情怀,在强烈责任心的驱使下,闻一多决定想办法让妻子的步调跟自己同步。

闻一多需要的不是传统的相夫教子型妻子,在他眼里,妻子也不是传宗接代的工具。接受过进步思想熏陶的他,坚信男女是平等的,至少在思想上是独立的。而要保证女子思想的进步性与独立性,那便要学习,学习新知识。

他是诗人,打骨子里散发出理想化的气质。他也是革命者,锐意进取,不断向前。所以能够陪伴在他身边的,定要是与他志同道合之灵魂伴侣。在闻一多的执意和强烈要求下,他的父母把高孝贞送进了女子职业学校学习。

幸运的是,高孝贞没有让他失望,通过学习努力赶上丈夫的步伐。闻一多不再是她遥不可及的梦想,高孝贞也不再是那个宅在阁楼里的旧时女子。她期待成为闻一多所欣赏的模样。

当闻一多从清华毕业前往美国后,在那个"自由的国度",闻一多醉心于美术学习,亦在诗歌上投入了大量精力,并于一九二三年出版了他的第一部诗集《红烛》。在重视学业的同时,闻一多也没有忘记远在故国的妻子。闻一多给高孝贞写了很多信,于其中一信写道,"女人并不弱似男人。外国女人是这样,中国女人何尝不是这样呢?"以此鼓励妻子不断学习。

距离上的远近与感情的生疏并没有必然的联系,起决定作用的是两人思想上的契合程度。在闻一多的鼓励下,高孝贞读书学习,在进步的同时,两人思想上的距离更近。有了更多的共同话题,在来往信件的交流中,两人的感情逐渐加深,并最终深爱上彼此。

原来,爱情中可以没有最初的完美,但可以有彼此努力过后的甜蜜。

爱情给予了闻一多更多的灵感。身在美国的闻一多,得知自己的第一个孩子即将来到人世，便用五天的时间写了五十余首《红豆》组诗，继而删减至四十二首，以此遥寄对妻子的相思、感激之情。

> 红豆似的相思啊！
> 一粒粒的
> 坠进生命的瓷坛里了……
> 听他跳激的音声，
> 这般凄楚！
> 这般清切！

独处美国的闻一多，不是没遇到触动心弦的女子，只是，心动不过刹那，便恢复了理智。闻一多的好友梁实秋曾回忆他说："他为人热情如火，但在男女私情方面总是战战兢兢的，在萌芽时就毅然掐死它。"不管是何种缘由，至少可以肯定的是，闻一多用自己的实际言行，表达出了对妻子的珍惜与呵护。

当闻一多回国后，便辗转于各大学教书，他把妻子和孩子接到了自己身边。这段迟来的爱情，共筑了两人幸福的婚姻。

一九三〇年，闻一多来到青岛大学任教，高孝贞留在老家。诗人本多情，在这里，闻一多遇到了让自己颇有好感的女子。任教于青岛大学中文系的方令孺，可谓与闻一多志同道合，不但善于写诗，且常常向闻一多请教。在来往的交往中，闻一多的心起了涟漪。她在徐志摩主办的《诗刊》上发表了一篇名为《奇迹》的长诗，诗中透露出的朦胧爱情，让他人浮想联翩。就在流言四起时，闻一多将妻子和孩子接到了自己身边，再次用自己的行动斩断了不该有的感情。

之后闻一多来到清华大学任教，并与妻子和孩子再次度过了五年时光，直至抗日战争的爆发。七七事变爆发后前，高孝贞带着两个儿子回到了老家，闻一多则与三个女儿留在北平。

此时从北平到武汉的铁路已中断，闻一多和女儿身处战争前线，危险却无法回去。"亲爱的，我不怕死，只要我俩死在一起。"为了安慰远方为自己担忧的妻子，闻一多只能写信给她。能交付彼此生命的爱情，该是何等深情？这一番肺腑之言，让人动容。

幸运的是不久后，闻一多便带着孩子回到了老家，一家人得以团聚。

为保存中华民族教育精华免遭战火毁灭，北京大学、清华大学以及南开大学从长沙组成的长沙临时大学西迁至昆明，改称西南联合大学，闻一多之后便任教于此。

从来都支持丈夫事业的高孝贞，第一次与闻一多意见相左。原来闻一多在一次放假回老家后接到好友顾毓琇的邀请，让闻一多与他一起到国民政府做官，但闻一多拒绝了。高孝贞在知晓这件事后，很是生气，多番劝说也未能让闻一多改变主意。

如果闻一多能够留在武汉做官，一家人便能待在一起。作为一个女子，一位妻子，希望丈夫能陪在自己身边是无可厚非的。而于战乱年代，或许这一次见面便是永别，高孝贞怎能不希望闻一多能够留在自己身边？可是这么好的机会，闻一多却拒绝了。

闻一多是理解妻子的，可他是一个铁血男儿，国有危难，他怎可躲在一隅中只为享受片刻的安逸生活？且他根本就不愿意做官。两人开启了第一次"冷战",就连闻一多从家出发去西南联合大学时,高孝贞都没有去送他。

只是,在闻一多回到学校一个多月后,高孝贞还是没有原谅他,也没有给他写信。最终,闻一多决定先服软,便写了一封信告知妻子自己之所以这样做的缘由。此次的爆发矛盾本就是因为高孝贞太在乎闻一多了,看到他来信解释,高孝贞便原谅了他。

最佳的夫妻相处模式并非是全无矛盾,而是在彼此谅解的基础上化解矛盾。

日军不断入侵,眼看武汉即将沦陷,闻一多不由得为妻儿忧心忡忡。"今天早晨起来拔了半天草,心里想到等你回来看着高兴,荷花也放了苞,大概也要等你回来开,一切都是为你。"这大概是高孝贞听过的最美情话。心里有情,身边的一花一草,便都有了温情。为了安抚妻子,闻一多给高孝贞写了很多的信。不能陪伴在妻子身旁,闻一多是有所愧疚的,他只能盼望这些信能带给妻子点点安慰。

当得知妻儿能够南下到昆明的消息后,闻一多十分欣喜,并写了一封信给妻子。

贞:

武汉轰炸两次,心里着急,不知你们离开武汉否,接到你们初到长沙的电报才放心。后来见报长沙也被轰炸,又急了好几天,直到前天二次电报来了,才知道全体动身,更是感天谢地。现在只希望路上不致多耽搁,孩子们不生病。这些时一想到你们,就心惊肉跳,现在总算离开了危险地带,我心里稍安一点;但一想到你们在路上受苦，我就心痛。想来想去，真对不住你，向来没有同你出过远门，这回又给我逃脱了，如何叫你不恨我？过去的事，无法挽救，从今以后，我一定要专心事奉你，做你的奴仆。只要你不气我，我什么事都愿替你做，好不好……

多

廿八日早

（摘自闻一多著《闻一多书信集》，群言出版社，2014年）

  他心疼妻儿的颠沛流离，却无能为力。悔恨无济于事，如果可以，以后的日子里他愿意做她的奴仆，只望可以弥补对妻子的亏欠。这般似讨好的呢喃，让人倍感温情。对于此时的闻一多来说，只要妻儿能够平安到达昆明，便是上天对他的最大恩赐。只是，闻一多没想到的是，这是竟是自己给高孝贞写的最后一封信。

  妻儿安全到达闻一多的身边，他的一颗心便落定了。即使身处硝烟之中，生活艰辛，闻一多却与妻儿仍旧过得很幸福。在这段抗战的艰辛日子里，物质匮乏，就连温饱都不能满足。生存不易，闻一多决定戒掉抽烟的习惯。高孝贞知道抽烟是丈夫为数不多的爱好之一，为了让闻一多可以继续抽烟，她便买来廉价烟叶自制烟丝。闻一多从此抽上了烟斗，他与朋友聚会时会说"这是孝贞做的"，而那个烟斗，则陪伴他直到生命的终点。

  当十四年抗战终于以胜利告终，闻一多亦从一个学者逐步走上了革命的道路，参加了中国民主同盟，黑暗却未退却。一九四六年七月十一日，民盟负责人李公朴惨遭杀害，闻一多不畏生命之危，于李公朴殉难的报告会上做了"最后的演讲"，痛批反动派，并直白表露了自己的战斗决心，号召人们起来革命。闻一多的言行无疑引起了反动派的恐慌，当天下午，闻一多便于家门口惨遭特务杀害。

如果把每天当作最后一天来过活，是否还会有遗憾？闻一多坚定地走上了革命道路，生命便被他抛之于脑后。闻一多与高孝贞的每一天，都可能是最后一天，幸福却短暂。只是，为了正义，闻一多不后悔，高孝贞也全力支持他。

在闻一多遇害后，高孝贞化名为高真，继承了自己丈夫的事业，投身于革命中，并为新中国的建立做出了自己的贡献。他未来得及完成的事业，她代替他继续。

第八章

人生若只如初见——萧红致萧军

紫霞仙子曾说过:"我的意中人是位盖世英雄,有一天他会踩着七色的云彩来娶我,我猜中了开头,可我却猜不到这结局。"于萧红而言,她的如意郎君萧军也是一位英雄,救她出水深火热中,以三首最美的情话作为结婚誓词。萧军是她的英雄,只是,如紫霞仙子般,萧红同样猜中了开头,却猜不着这结局。

均:

你的小伤风既然伤了许多日子也应该管他,吃点阿司匹林吧!一吃就好。

现在我庄严的告诉你一件事情,在你看到之后一定要在回信上写明!就是第一件你要买个软枕头,看过我的信就去买!硬枕头使脑神经很坏。你若不买,来信也告诉我一声,我在这边买两个给你寄去,不贵,并且很软。第二件你要买一张当作被子来用的有毛的那种单子,就象(像)我带来那样的,不过更该厚点。你若懒得买,来信也告诉我,也为你寄去。还有,不要忘了夜里不要吃东西。没有了。以上这就是所有的这封信上的重要事情。

照像(相)机现在你也有用了,再寄一些照片来。我在这里多少有点苦寂,不过也没什么,多写些东西也就添补起来了。

萧上

八月十七日

(摘自耿沫编著《民国的柔情大师写在指尖上的爱情》,中国言实出版社,2015年)

分隔两地，心里却时刻惦记着不在身边的那个人。接近于唠叨的叮嘱，重复着生活中的点滴小事，爱的密度、情的浓烈，藏于清淡墨香之中。身处日本的萧红，牵挂着远在国内的萧军，唯有以他的照片一解相思。性格一向倔强、不甘被束缚的萧红，却总爱如小孩般缠着萧军，依恋很深，只因为他是她人生中的不可或缺。

萧红原名张秀环，后改为张乃莹。出生于封建地主家庭的萧红，尽管家庭殷实，萧红却从小便生活得不快乐。父亲张廷举长期担任官吏，封建阶级思想浓厚，对萧红极尽苛责。母亲姜玉兰重男轻女思想十分严重，对萧红漠不关心。生长于这个近似牢笼的家庭，萧红却养成了极其倔强的性格，敢于反抗的她，更是不得家人的喜爱，除了她的祖父。萧红的祖父张维祯是个很有才华且性格温和的人，也是唯一一个喜爱萧红的人。在萧红八岁的时候，母亲因病去世，父亲张廷举很快续娶。不幸的是，后母对萧红并不好，甚至打骂她。

两年后，萧红就读于呼兰小学女生部，并从家里搬了出来，与祖父同住。与祖父住在一起的日子是萧红童年里最愉悦的岁月，祖父会带她在后花园里玩耍，也会教她诗词文章，萧红的文学启蒙便于此开启。

在萧红十六岁时，正读小学的她参加了五卅运动，并表现得非常积极。父亲张廷举十分恼火萧红的言行，认为她的言行让张家蒙羞，于是在萧红小学毕业后便不允许她再上学。倔强的萧红激烈反抗，并威胁父亲如果不让她上学便去当修女。张廷举尽管愤怒难消，却最终选择了妥协。

于是萧红来到哈尔滨东省特区区立第一女子中学学习，于此地深受五四运动进步思想的影响，更激发了萧红性格中的不妥协因子。也是在这段求学时期，萧红迷上了新文学，并阅读了大量革命作品。

当萧红即将初中毕业时，命运再次给予了她重重一击。宠爱她的祖父永远离开了她。在萧红还来不及从祖父去世的心伤中恢复，父亲张廷举便着手安排她的婚礼。萧红的结婚对象是一位地方军阀的儿子，名为汪恩甲。尽管萧红与汪恩甲之前便已经订了婚约，萧红却并不满意这门亲事。

在退婚的要求被父亲拒绝后，萧红逐渐产生了逃离这个家庭的想法。在得到远在北平读书的表兄支持后，萧红便以办嫁妆为由从家里骗取了一些金钱，毅然向北平出发。萧红的叛逆行为自然引起张家的轩然大波，父亲张廷举甚至要开除她的族籍。

命运却没有眷顾这个逃离困笼的女孩，当表兄被家人断绝经济支持后，萧红也没有了生活来源。走投无路的萧红最终回到了家里。

当妥协的萧红与汪恩甲准备结婚时，这桩婚事却遭到了汪恩甲哥哥的强烈反对，他不能容忍萧红的叛逆行为，坚决要汪恩甲与萧红退婚。感到被羞辱的萧红一怒之下把汪恩甲的哥哥告上了法庭，却没想到怯弱的汪恩甲竟承认是自己要解除婚姻，官司以失败而告终。

萧红的言行成为了众人的笑话，父亲张廷举感到颜面尽失，怒不可遏的他囚禁了萧红。受不了软禁生活的萧红，在家待了半年多后再次逃离。从此，二十岁的萧红开始了她人生中的流浪生活。

来到哈尔滨的萧红，没有任何经济来源，生活极其困苦。就在这时，萧红与汪恩甲相遇，两人在东兴顺旅馆住了下来。半年后，两人花光了所有的钱，并欠旅馆老板六百元，两人的房间亦被换成了一间破旧的杂物间。

此时的萧红已怀上了汪恩甲的孩子，无力偿还债务的汪恩甲决定回家拿钱，却从此一去不回。怀有身孕的萧红被老板扣押在了旅馆，并声称要把萧红卖到窑子去。深陷绝望中的萧红写信向《国际协报》求助，萧红的人生自此拉开了另一篇章。

之前萧红以"悄吟"为笔名给《国际协报》投过稿，编辑对她的文字有着深刻的印象。面对一个身怀六甲的弱女子的求助，经过讨论，副刊编辑斐馨园安排编辑萧军前去查看情况，并送几本书给萧红以示安慰。

萧军本名刘鸿霖，成长于东北的一个小山村里。从小便梦想成为侠士的他，自是侠骨豪气。而国家危难当头，萧军更是意气风发。十八岁的萧军参军入伍，因文采而成为军中秀才。七七事变爆发后，萧军更是以文从戎，选择了一条以文救国之路。

仗义的萧军乐意接受了斐馨园的安排，前往旅馆。在一间潮湿黑暗的屋子里，萧军找到了求助的落魄女子。在告知萧红他们会想办法帮助她后，萧军准备离开。

当萧红得知眼前的男子正是自己喜欢的小说《孤雏》的作者三郎时，便邀请他留下交谈。在交谈过程中，萧军无意间看到萧红写的几行诗时，诗句的灵动与诗中的辛酸，打动了萧军，他决定要救她出魔窟。

一场突如其来的洪水灾难，让萧军得以英雄救美。趁着洪灾造成的混乱，萧军偷偷将萧红从旅馆中救了出来。

有故事的人更易彼此接近。萧红向他倾诉过往的苦难与绝望，萧军向她诉说自己的满腔热血却报国无路的烦闷。萧军怜惜这个看似弱小却不断抗争的女子，并欣赏她的灵气文采，萧红欣赏他的豪情壮志以及依恋他对自己的片刻温情，两颗年轻的心很快沉沦。

彼此定情后的萧红决定与萧军同姓，于是张乃莹正式改名为萧红。随萧军姓，对于萧红来说，既是两人距离上的更近一步，也是她对萧军情意的一种表达。

不久后萧红便面临分娩，被送进医院的她，最终生下了一个女儿。孩子生下来的六天里，萧红却始终没有看她一眼，她毅然决定要把女儿送人。无论是对汪恩甲的恨还是对女儿的不舍，萧红告诉自己都将成为过去。

当萧红与萧军最终走到一起，没有浪漫婚礼的见证，唯有萧军写的三首情诗：

浪儿无国亦无家，只是江头暂寄槎；结得鸳鸯眠便好，何关梦里路天涯。

浪抛红豆结相思，结得相思恨已迟；一样秋花经苦雨，朝来犹傍并头枝。

凉月西风漠漠天，寸心如雾亦如烟；夜阑露点栏干湿，一是双双俏倚肩。

在医院住了三个星期的萧红，因没有钱交住院费，而萧军也没有筹到钱，两人便被院长赶了出来。之后两人在斐馨园家住了一小段日子，随后离开。

没能找到工作的两人生活十分潦倒，为了生活，萧军找了一份家教，却还是不能承担两人的生活费用。挨饿成为了家常便饭，甚至当饿极时，萧红多次忍不住想去偷别人挂在过道门上的面包，不过最终还是没有付诸实践。生活虽然这般贫苦，萧红心里却是幸福的，因为身边有萧军的陪伴。也是在这段艰苦的日子里，在萧军的鼓励下，萧红继续写作，两人合著了小说散文集《跋涉》并自费出版。《跋涉》在文坛引起了较大轰动，却因内容涉及抗日，很快便被禁止出版，两人亦引起了敌人的注意。

为了避害，萧红与萧军从哈尔滨逃亡到了青岛。萧军找到了《青岛日报》主编的工作，两人的生活暂时安稳了下来。在这段日子里，萧红完成了中篇小说《生死场》。为了提高自己的创作水平以及寻求帮助，萧红与萧军决定写信给鲁迅。鲁迅回了信并给予了两人一些帮助，不久后两人流亡到了上海并与鲁迅见了面。在鲁迅的帮助与支持下，萧军的《八月的乡村》与萧红的《生死场》出版，并引起了文坛的巨大轰动，两人自此声名鹊起。

在鲁迅的建议下，《生死场》以萧红为笔名出版，自此，"萧红"这个名字成为了二十世纪中国文坛的传奇之一。

成名后的两人生活有了改善，两人住到了离鲁迅家很近的"永乐里"。流亡饥饿的日子已然结束，苦尽甘来的两人过上了平静安稳的生活。然而，两人的感情却并没有因为安定而加深，反而发生了危机。

在那段艰辛的日子里,萧红与萧军两人相互关心与支持,最终走到了今天。只是,当生存不再成为问题,两人情感和性格上的差异便日趋显露出来。萧军粗糙尚武,崇尚大男子主义,萧红细腻柔弱,却有着自己的思想。平静的日子如扩大镜,放大了两人之间的个性差异,这对曾经的患难知己走上了争吵不休之路。而另一个女子的出现,使得两人之间的关系极度僵化。

这个女子名为陈娟,早先两人在哈尔滨时便与之认识,萧军更是与陈娟的关系密切。当两人辗转至上海后,陈娟亦因故留在此地。萧红是极爱萧军的,他给了她重生的机会,一次次将她从黑暗中拯救出来。面对萧军的情变,萧红感到极端痛苦。萧红的爱是唯一的、纯真的,萧军却一直秉承着"爱便爱了,不爱便丢开"的爱情哲学,这令萧红倍感抑郁。

苦闷之情得不到舒缓,两人之间的争吵频繁不断。可即使萧军变心,萧红还是深爱着他,不想放开他。萧红的爱情有多深,此刻的她便有多痛苦。在朋友的建议下,萧红决定去日本散散心,她希望两人暂时的分开可以让彼此冷静下来,继而解决两人之间的矛盾。萧军前往青岛,两人约定一年后再见。

然而让萧红没有想到的是,自己根本离不开萧军。距离的隔远,非但没能让萧红冷静下来思考如何解决两人之间的问题,萧红的整颗心都被思念所缠绕。萧军变心所带给她的伤痛,亦随着距离的相隔而淡化。只身东渡日本的萧红,看不见那人的身影,唯有把思念写到信纸上。

均：

　　现在我很难过，很想哭。想要写信钢笔里面的墨水没有了，可是怎样也装不进来，抽进来的墨水一压又随着压出来了。

　　华起来就到图书馆去了，我本来也可以去，我留在家里想写一点什么，但那里写得下去，因为我听不到你那登登上楼的声音了。

　　……

　　比我们起初来到上海的时候更感到无聊，也许慢慢的就好了，但这要一个长的时间，怕是我忍耐不了。不知道你现在准备要走了没有？我已经来了五六天了，不知为什么你还没有信来？

吟上

七月廿十时半

（摘自萧红著《梦中的爱人爱不得：黄金时代》，北京理工大学出版社，2015年）

　　萧红是爱惨了萧军的，她的快乐是因为他，她的伤心也是因为他。作为一位作家，不习惯没有萧军的陪伴，就连写作也变得无趣。萧红寄去了自己的思念，却盼不到对方的回信，失望的背后，隐藏着没有道破的深情。

　　只是，在萧红还来不及从情伤中复原，精神再次遭到打击。恩师鲁迅的逝世，让身在日本的萧红悲痛不已。然而噩运并未因此放过萧红，她在日本思念着萧军，从青岛回到上海的萧军却再次出轨。即使这次的出轨以女方流掉孩子而结束，萧红的心却伤透了。

原来以为的疗伤之旅，结局却是徒增心伤。几个月后，身心疲惫的萧红回国了。即使被伤得体无完肤，萧红却还是对萧军抱有一丝希望。只是，在这段感情里，萧军早已做好了全身而退的打算。两人之间的争吵越演越烈，脾气暴烈的萧军更加打骂贬低萧红。面对无法沟通的萧军，萧红只得再次逃离，去往北平。

　　然而当萧军写信让她回来时，萧红便再次回到了上海。只是，两人的感情再不复相见之初。一九三七年八月淞沪会战爆发，上海沦陷，两人辗转流亡至山西临汾。萧军与萧红虽同样积极投身于抗战文艺活动，却不再有从前患难中的互相支持。当日军准备进攻山西临汾，在选择撤退道路上，两人产生分歧。萧军决心留下来，必要时去打游击战，萧红主张退往西安，继续从事写作来鼓舞抗战。萧红还是希望萧军可以跟自己一起走，不过两人最终分道扬镳。

　　萧红的心早已千疮百孔，她终究选择了放手，两人离婚。

　　四年后，三十一岁的萧红在香港病逝。"萧军要知道，他会来救我的。"在生命的最后一刻，说不出话来的萧红用尽气力写下这几个字。萧军仍旧是她心目中的英雄，是她的蓝天、碧水，只是，这一份深情，终将消散在人间。

第九章

执子之手半生随——庐隐与李唯健

她是一位感伤的悲观主义者,他是一位明朗的乐观主义者,原本处于天平两端的人,却因一次邂逅而相知相恋。庐隐是不幸的,命运所给予她的泪水多于欢笑,她又是幸运的,命运把李唯健带到了她的身边,给予她短暂人生的永恒惊喜。

心爱:

血与泪是我贡献给你的呵!唯健!你应看见我多伤的心上又加了一个症结!自然我也知道这不是你的错,你对我的真诚我不该再怀疑,然而呵,唯健,天给我的宿命是事事不如人,我不敢说我能得到意外的幸福,纵然这些幸福已由你亲手交给我过!唉,唯健!唯健!我是从断头台下脱逃的俘虏呵,你原谅我已经破裂的胆和心吧!我再不能受世上的风波,况且你的心是我生命的发源地,你要我忘了你,除非你毁掉我的生命!唉,唯健!你知道当我想象到将来有一天,我从你那里受了最后的裁判时,我不能再苟延一天在这个世界上,我只有丢下一切走,我不能用我的眼睛再看别人是在你温柔的目光里,我也不能用我的耳朵再听别人是在你甜美的声唤中!总之,我是爱你太深,我的生命可以失掉,而不能失掉你!我知道你现在是爱我的,并且你也预备永远爱我,然而我爱你太深,便疑你也深，有时在你觉得不经意的一件事，而放在我的身上便成了绝对的紧张和压迫了。唯健，你明白地告诉我，我这样的痴情真诚的心灵中还容不得你吗？人生在世上所最可珍贵的，不是绝对地得到一个人无加的忠挚的心吗？

唉，唯健！我的心痛楚，我的热血奔腾，我的身体寒战，我的精神昏沉，我觉得我是从山巅上陨落的石块，将要粉碎了！粉碎了呵！唯健！你是爱护这块石头的，你忍心看它粉碎吗？并且是由你的掌握之下，使它粉碎的呵！唉！多情多感的唯健！我知你必定尽全力来救护我的，望你今后少给我点苦吃，你瞧我狼狈得还成样子吗！现在我的心紧绞如一把乱麻，我的泪流湿了衣襟，有时也滴在信笺上，亲爱的唯健啊！

你可怜的庐隐书于柔肠百转中

（摘自耿沫编著《民国的柔情大师写在指尖上的爱情》，中国言实出版社，2015年）

爱情，具有让人重生的魔力。经历了订婚与解约，结婚却丧夫守寡这一系列磨难的庐隐，她的人生陷入了黑暗的深渊。当那个小她八岁的年轻诗人李唯健执意要闯进她的世界，不惜燃烧自己来温暖她时，一生都在勇敢反抗的庐隐却怯弱退缩了。只是，那颗被冰封的心，终究抵不住爱的靠近。遇见你之前，不相信爱情，遇到你之后，也不相信爱情，但相信你。

庐隐的一生充满悲情色彩，打从她一出生便如此。庐隐，原名黄淑仪，又名黄英，庐隐是她的笔名，即隐去庐山真面目的意思。

庐隐的父亲为清朝举人，母亲则是一位封建传统女性。

庐隐有三个哥哥，她的出生本满足了父母想要一个女儿的期盼，却因为出生那天祖母去世而成为不幸。新生的喜悦因祖母的逝世而荡然无存，庐隐被母亲认定为灾星。命运跟她开了一个玩笑，庐隐选择不了自己的出生日期，却还是被家人抛弃。母亲将她交给奶妈喂养，自出生起，庐隐便失去了享受家人关爱的可能。

体弱多病的庐隐直到三岁时还不会走路说话，生一身的疥疮却无人关照。不受人待见的她，却爱哭、爱闹，然而依旧得不到家人的关注。之后的一场热病，让她的母亲彻底放弃了她，善良的奶妈把她带去了乡下。

在奶妈的家中，没有父母的关爱，但庐隐却享受着奶妈的疼爱，于此处度过了一段欢乐的童年生活，身体也渐渐痊愈。然而幸福的日子总是过得太快，因父亲从福建乘船去往长沙就职，庐隐便被带离奶妈身边，随去长沙。乘船途中，因思念奶妈而不断哭闹的庐隐让父亲愤怒不堪，竟要将她抛入江中，幸被一听差搭救才得以幸免。

在庐隐六岁的时候，父亲因心脏病发作而去世，母亲便带着孩子们寄居到北平的舅父家。庐隐的舅父是清朝农工商部员外郎，兼太医院御医，因此家境优渥。只是，这一切与庐隐无关。年幼的庐隐仍旧不被待见，甚至因母亲的厌恶而失去了上学的机会。于这个荣华的大家庭，热闹是他人的，庐隐仍旧是孤身一人。

失去上学资格的庐隐拜没有上过学的姨母为师，只是，姨母的脾气暴躁，对庐隐没有耐心，幼小的庐隐身心遭受到折磨，自是抵触这种严苛的教学方法,学习成绩很是糟糕。失望的家人最终把庐隐送到一所极为严苛的名为慕贞学院的教会学校去读小学。

当革命的浪潮席卷全国各地,这个封建大家庭逃到了天津租界,却抛下了庐隐。此时的庐隐,一颗心更加残破。当清王朝终结后,庐隐在大哥的指导下发奋学习,考上了高小,才让家人对她的态度有所改变。

当五四运动爆发,新思想不断深入人心。成长于没有温情的家庭,从小便遭受到压迫的庐隐,那个反抗的心愈发膨胀。激烈的思维火花亦于笔下绽放,庐隐的文学天赋开始于不断发表的小说中呈现出来。

少女时代的逆反心理,不仅表现在庐隐的作品中,亦深入到她的感情。十七岁的庐隐不顾家人的强烈反对,坚持要嫁给家境贫寒的表哥林鸿俊,并与他订立了婚约。母亲最终妥协,但要求等到庐隐大学毕业两人才可以结婚。

庐隐坚决要与家人反对的表哥林鸿俊结婚,更多的原因不过是为了展示自己的反抗。在接受了"五四"新思想的不断洗礼后,庐隐不再坚持要嫁给思想平庸落后的表哥林鸿俊,并主动提出解除婚约。当庐隐从女高师毕业并在不同学校任教后,在一次福建同乡会上,她相识了北大高才生郭梦良。

郭梦良是一位无政府主义者,办有《奋斗》杂志宣传自己的主张。极富文学才情的他与庐隐可谓是志同道合,在不断的交往中,庐隐越发倾慕他,最终,两人从朋友、知己,发展成了恋人。

郎才女貌,这本可成就一段才子佳人的佳话,现实却并非如此。郭梦良在老家已有妻子,为了逃避这桩包办婚姻,郭梦良从家里来到北平学习。

从解除婚约再到恋上"有妇之夫",即使是处于思想解放的五四时代,庐隐亦不可避免遭受到封建旧俗卫道士的嘲讽与抨击。面对家人和朋友的反对与唾骂,庐隐却没有退缩。在她看来,爱一个人没有错,与相爱的人结婚更没有错,所以即使全世界都反对,庐隐都会坚持。"只要我们有爱情,你有妻子也不要紧。"庐隐相信爱能战胜一切,于一九二三年夏天,两人不顾世俗的反对,从北京南下至上海,在一品香附近的远东饭店举行了婚礼。

即使两人因爱结为了夫妇,却还是未能得到世人的谅解。世俗的谩骂依旧,两家家人的不理解与蔑视,庐隐不无烦闷。然而在这期间,庐隐并未丢下创作,写作了长篇小说《海滨故人》并名声大噪。

只是,在庐隐还来不及与丈夫携手度过这一艰难岁月,结婚不到三年,丈夫郭梦良竟因肺病而去世,遗下了庐隐以及两人才十个月大的女儿郭薇萱。从此,所有的狂风暴雨只得庐隐独自一人承受。

庐隐带着女儿离开了郭家,辗转至北平。未能说出口的伤痛与孤苦,只能倾诉于自己的笔头,写就一部部作品。然而噩运并未放过这个艰辛生活的女子,母亲、挚友石评梅以及哥哥的相继去世,再次给予了庐隐重重的打击。

生活不相信眼泪,唯有坚强才能生存。只是,当历经了太多的磨难,生活的光彩便不再。庐隐沉浸在悲痛中,无法解脱。就在这个时候,一位年轻的诗人执意闯入了庐隐的灰暗世界。

这位如朝阳般的年轻诗人便是李唯健。

李唯健于一九二五年考入清华大学西洋文学系,有着浪漫情怀的他,喜爱拜伦、雪莱、济慈、布莱克和泰戈尔的诗。对生活充满热情的他喜爱文学,亦崇拜名作家,并在《新月月刊》《诗刊》等刊物发表过新诗和译作。

一次偶然的机会,李唯健在北大教授林宰平的介绍下认识了庐隐。相识之前,李唯健便慕名于庐隐,敬佩她的才情。因对于文学的共同爱好,李唯健与庐隐便有了初见后的继续来往与交流。随着交流的深入,两人逐渐从文学谈到人生的各方各面。小她八岁的李唯健唤庐隐为"姐姐""心灵的姐",而随着两人了解的加深,李唯健逐渐对庐隐产生了不一样的情感。

相对于庐隐历经坎坷的一生,李唯健的感情生活是单纯的。他同情庐隐的不幸,心疼她的坚韧,倾慕她的才华。从最初的同情到逐渐的依恋以及最后的爱恋,一切发生得那么自然,如水到渠成般。一旦爱上,便不可自拔。她的从前他来不及参与,那么她的以后由他来陪。明确了自己的心的李唯健立刻对庐隐展开了热烈的追求。只是,李唯健那颗火热的心被庐隐拒绝了。

世界上的人何止千万,然而遇到志同道合的人的概率却微乎其微。从陌生人到朋友到知己,在不长时间的交往中,庐隐与李唯健已然视彼此为知心人。对于庐隐来说,自己的世界早已荒凉一片,而李唯健就像一束阳光,给她带来光明与温暖。只是,经历了感情挫伤的人,是不敢轻易再动情的。而且现实告诉庐隐,她与他之间的障碍太多。比他大八岁，与未婚夫解除婚约，婚后丈夫去世，更重要的是，庐隐还有一个孩子。庐隐是被世俗嘲讽的，而李唯健却宛若山间清风，干净美好。如果他们在一起，随之而来的将是世俗的更多谩骂与批评。

内心早已沧桑的自己还有资格拥有一份美好的爱情吗？一向果断的庐隐困惑了。庐隐是憧憬美好的爱情的，可以往的经历告诉她爱情并不美好。而且自己是不幸的，她不想连累那个有着明媚笑容的男子。

只是，让庐隐没想到的是，她的拒绝与退缩却换来李唯健更为热烈的追求。他给她写信，一次次表白自己的心意。

鸥：

你仍然舍了我，让我一入孤单惨淡地在灰色的路上跋涉，咳！你未免太残忍了吧，我没有别的法子，只好叫你——鸥姐！鸥姐！——起初叫的声音有点高且大，后来低微下去，以致不可听见，那时你的整个充盈了我的血液，我更默默地受着，受着你的一切。鸥呵！你是我的宗教，我信仰你。崇拜你，你是我的寄托，我一个无人照顾的天真的小孩，如今飞也似的伏进你的胸中，你柔软的胸中，我愿在那儿永久长息。鸥！我爱你，我信你，让这两句为我最后在世上所能吐出的话。但是我确安息在你的里面。你呢，也不必客气，更无须胆怯，来，来，你也来，来到我的深处，我对你最最温柔，最最忠实，你如果不信，未免太愚了吧！世界上最真的是感情，人说感情最多变化，但真的感情是与天地——啊！不是！与永久同永久的。冷鸥，我在这里叫你，轻柔地叫你，冷鸥！你来！你来！你来！……你既然久受创伤，既然真是可怜，我就不当再使你受伤，非特如是，更应消灭你身上的伤痕，鸥，你来！我这里有止痛药，我一生都当你的看护，服从的驯静的如形影之不相离，常常跟着你，伴着你，我对你这样。就等于对我自己这样，这纯粹发自彼此的同情心，这才是我俩爱情的根基，一切都消灭时，这个永不消灭。

……

异云

（摘自徐志摩等著《旧时光的爱恋遗落在岁月中的老情书》，中国华侨出版社，2014年）

"异云"是李唯健的自称，"冷鸥"则是庐隐。李唯健是执着的，他一再劝说庐隐不要在意俗世的眼光与讥讽，更不用担心由此而给他带来不幸。如果因为爱而受到世人的指责亦或受到伤害，李唯健是心甘情愿的。李唯健发誓不再让她心伤，无论是欢乐还是悲伤，他都渴望与她共享。他会为她撑起一片天空，永远守护着她。

每一份真情都不应该被辜负。在李唯健那一声声动情的呼唤中，庐隐感受到了人世间最宝贵的真情。庐隐想起了已故挚友石评梅。她见证了石评梅与高君宇的凄美绝恋，更深刻懂得了一个道理，你永远不知道下一秒会发生什么，如若不懂得珍惜，有些东西失去了便不可挽回。

人生要何其有幸，才能遇到一个怜你、懂你、护你之人？在历经情伤后，庐隐遇到李唯健。只要是对的那个人，时间便不算晚。

跨过了心里那道坎，庐隐终是承认了自己的感情。庐隐从来是一个敢爱敢恨之人，既然做出了接受李唯健的决定，便无畏于即将到来的一切压力，并以飞蛾扑火般的姿态投入到了这段爱情之中。即使不知道自己的不顾一切可能换来怎样的后果，但庐隐更加明白，此刻的她是无悔的。

亲爱的——

　　我正像一个落水的难人，四面汹涌的海浪将我紧紧包围，我的眼发花，我的耳发聋，我的心发跳，正在这种危急的时候，海面上忽然飘来一张菩提叶，那上面坐着的正是你，轻轻地悄悄来到我的面前，温柔地说道："可怜的灵魂，来吧！我载你到另一个世界。"我惊喜地抬起头来，然而当我认清楚是你时，我怕，我发颤，我不敢就爬上去。我知道我两肩所负荷的苦难太重了，你如何载得起？倘若不幸，连你也带累得沦陷于这无边的苦海，我又何忍？而且我很明白命运之神对于我是多么严重，它岂肯轻易地让我逃遁？因此我只有低头让一个一个白银似的浪花从我身上踏过。唉，我的爱——你真是何必！世界并不少我这样狼狈的歌者，世界并不稀罕我这残废的战士，你为什么一定要把我救起，而且你还紧紧地将我搂在怀里，使我听见奇秘的弦歌，使我开始对生命注意！

　　亲爱的，让我们似风和云的结合吧。我们永远互相感应，互相融洽，那么，就让世人把我们摒弃，我们也绝对的充实，绝对的无憾。

　　……从此我不敢藐视人群，从此我不敢玩弄一切，因为你已经照彻我的幽秘，我不再倔强，在你面前我将服贴得柔顺如一只羔羊。呵，爱的神，你诚然是绝高的智慧，我愿永远生息于你的光辉之下，我也再不彷徨于歧路，我也再不望着前途流泪，一切一切你都给了我，新奇的觉醒——我的爱，我的神……

你的冷鸥

（摘自庐隐著；文明国编《庐隐自述》，安徽文艺出版社，2014年）

  李唯健的爱恋是炙热的，滚烫的温度，终于灼热了庐隐那颗冰冷的心。他将她从深渊中救起，便做好了为她承受一切的准备；她张开自己的怀抱，回抱他的拥抱，为了他再次与全世界对抗。从此，她是他的信仰，他成为她的神，两人携手于荆棘中走过。因为相爱，便无畏伤害，即使痛也甘愿。

  一九三〇年八月，庐隐辞去了北平师大附中的教职，与李唯健一起到了日本，并于此筑起了两人的爱巢。在这段安宁的生活中，庐隐的创作非常顺利，作品的主旨亦开始从爱情转向家国情怀，从此创作了更富有价值的作品，庐隐的名气亦更盛。

  两人在东京居住了四个多月，之后因经济不支，便一起回到了国内，居住在杭州。在这期间，庐隐以两人的日常生活为素材，写作了小说集《玫瑰的刺》，记录了两人的幸福生活，同时为了纪念挚友而创作了长篇爱情小说《象牙戒指》。一年后，两人由杭州移居上海，庐隐任教于工部局女中，李唯健则任中华书局编辑一职。

  两人的爱情是光明磊落的，便不惧人言。庐隐与李唯健将两人多达六十八封书信以《云鸥情书集》为名集结出版。"没有一句，甚至没有一个字是造作出来的"的情书，见证了两人的同甘共苦与情深似海。

也许上天嫉妒了庐隐的幸福，才会在她即将生下两人爱情结晶时给予他们重重一击。"唯健，我们的缘分完了，你得努力。你的印象我一起带走！"这是她对他说的最后一句话，年仅三十五岁的庐隐因分娩难产而去世。

来不及看他白发的模样，来不及陪伴两人女儿成长，庐隐带着对尘世的最深眷恋，溘然长逝。

"海滨灵海无潮汐，故人一去绝音息。冷鸥空留逐波影，异云徒伤变幻性。"岁月匆匆，多年后，还有一人怀念着，那段短暂却灿烂的时光。

第十章

时光深处的爱恋——朱生豪致宋清如

有人说距离是爱情的杀手,一场异地恋,两地分居,不只是空间距离的拉开,亦是两颗心距离的增远;也有人说时间是爱情的杀手,于漫长的岁月中,感情被慢慢漂白,直至淡化无痕。然而,有这么一对分居两地的佳人,他与她用十年的时间,以数百封书信为信使,向世人展示了一场柏拉图式的唯美异地恋。

青女:

我不很快乐,因为你不很爱我。但所谓不很快乐者并不等于不快乐,正如不很爱我不等于不爱我一样。而且一个人有时是"不很"知道自己的,也许我以为我爱你,其实我并不爱你;也许你以为不很爱我,其实很爱我也说不定,因此这一切不必深究。如果你不接受我的欢喜,你把它丢了也行,我不管。因为如果你把"欢喜"还给我,那即是说你也得欢喜我,我知道你是不肯怎样很喜欢我的。你以为你很不好也罢,我只以为你是很好的。你以为将来我会不喜欢你也罢,我只以为你是很好的。你以为将来我会不欢喜你也罢,我只以为我会永远欢喜你的。这种话空口说说不能令人相信,到将来再看吧。我希望我们能倒转活着,先活将来,后活现在,这样我可以举实在的凭据打倒你对我的不信任。

我永远不恨你骂你好不好?

……

以后我每天或间一天给信你,你每星期给一次信我,好不好?其实我只要你稍微有点欢喜我,就已心满意足了,我相信你终不至于全然不喜欢我,有时你说起话来带着——不说了。

我发疯似的祝你好!

丑小鸭十

(摘自朱生豪,宋清如著;朱尚刚整理《朱生豪情书全集手稿珍藏本上》,中国青年出版社,2013年)

他是之江才子朱生豪,一代词宗夏承焘说他的才华古人中只有苏东坡能相比。她是之江才女宋清如,当时著名的《现代》杂志主编施蛰存说她的新诗有"不下冰心之才"。当才子遇上才女,他们由诗结缘,以信为爱的信使,演绎了一场诗情画意的传奇爱恋。朱生豪怕是最会讲情话的人了,热烈的爱意化作幽默俏皮的文字,道出未能亲口说出的款款深情。

朱生豪原名文森,又名文生,学名森毫,出生于一个破落的商人家庭。自幼天资聪慧的他,读书极灵,深受父母的宠爱。十岁的朱生豪以甲级第一名的优异成绩从开明初小毕业,不久后母亲却因病去世,给予了他重击。然而上天似乎并不怜惜这个聪慧的男孩,父亲在两年后患急病逝世。命运对于朱生豪来说是残忍的,从宠儿到孤儿,不过转瞬间,不论他是否能够接受。

失去双亲的朱生豪寄居到了大姑妈家,十二岁的他考入美国教会创办的秀州中学,选修文科,并接受了良好的英语教育。充实的学习时光让朱生豪慢慢走出了失去双亲的悲伤,只是,朱生豪不复从前的欢乐，沉默寡言起来。从秀州中学毕业的他因成绩优异而被保送至杭州之江大学深造，专业为中国文学，兼修英文。在这里，朱生豪的人生掀开了另一篇章。

天资聪颖又勤奋好学的朱生豪深得老师们的喜爱，而他在文学上所表现出的绝妙才华尤得"之江诗社"社长夏承焘的欣赏。朱生豪在大二时加入了"之江诗社"，由于他的横溢才华，不多时便名声大噪。

博学多才的朱生豪不但熟读汉赋、唐诗、宋词及元曲等中国历代优秀文学作品，还阅读了大量的外国优秀文学名著，醉心于中西方不同文学的思想花火中。也是在这里，朱生豪遇到了一生的挚爱宋清如。

不同于朱生豪的普通家庭，宋清如出生在江南的一个地主大家庭。成长于殷实的书香之家的宋清如，从小便好学，七岁时父母为她请了一位秀才来家中启蒙，之后还进了洋小学。早在宋清如六岁时，父母便给她订下了婚约，对方是江阴的一户望族。待宋清如初中毕业后，家人希望她回家结婚，遭到了极有个性与主见的宋清如的强烈反抗。在宋清如"要读书，不要嫁妆钱"的坚决反抗下，父母妥协了。宋清如进入苏州女子师范就读，毕业后考入杭州之江大学，并主动解除了婚约。

这个特立独行的女子，经常语出惊人。"女性穿着华美是自轻自贱。""认识我的是宋清如，不认识我的，我还是我。"宋清如的独特与洒脱，让他人自叹弗如。也是因为一首别出心裁的诗，宋清如与朱生豪结缘。

每年新学期开始之初，之江诗社都要举行一次欢迎新社员的活动，按照惯例，诗社的成员都要在迎新会上奉上自己的诗作相互传阅。当习惯了写古体诗的诗友读到宋清如的新诗《宝塔诗》后，褒贬不一，而当小诗传到朱生豪手上后，在读完后，朱生豪未置一词，只是微微一笑。

诗社活动后不久，朱生豪便写了新诗向宋清如请教，宋清如亦写旧诗请教朱生豪，两人的交往由此拉开序幕。从诗词歌赋到人生哲理，心意相通的两人很快成为知己。宋清如倾慕朱生豪的才华，朱生豪欣赏宋清如的独特，在诗中相识、相知、再到相恋，两颗年轻的心就此擦出花火。

其实，朱生豪的性子是寡言内向的，人们说他"渊默若处子"。只是，这位被朋友戏谑为"没有情欲"的才子，在遇到宋清如后，他给她写的每一句诗，每一句情话，时而浪漫如烟火，时而热烈似火焰，且只此一人。

在宋清如入学时，朱生豪已是即将毕业的四年级学生。一年后，两人面临了分别。离别之际，朱生豪赠予宋清如三首《鹧鸪天》，情意尽在词中。宋清如送给他一支钢笔。就是用这支钢笔，朱生豪翻译了一百八十万字的《莎士比亚全集》，亦给她写了五百四十多封情书。

毕业后的朱生豪到上海世界书局任职英文编辑，宋清如则继续学业。距离的相隔并未让两人的感情淡化，反而让思念疯长。

澄：

　　带着一半绝望的心，回来吃饭，谢谢天，我拾回了我的欢喜。别说冬天容易过，渴望着信来的时候，每一分钟是一个世纪，每一点钟是一个无穷。然而想着你是幸福的在家里,伫念的心,也总算有了安慰。

你不会责备我说过的那些无聊话?

我实在喜欢你那一身的诗劲,我爱你像爱一首诗一样。

问你寒假里有没有计划的人,我不知是谁,大概是一位蠢货,一定理想的人生,应当充满着神来之笔,那才酣畅有劲。计划即使实现了也没趣。祝福你。

告诉我几时开学,我将数着日子消遣,我一定一天撕两张日历。

朱

廿三下午

(摘自朱生豪、宋清如著;朱尚刚整理《朱生豪情书全集手稿珍藏本上》,中国青年出版社,2013年)

古有一日不见如隔三秋,朱生豪则更甚,每一分钟便是一个世纪。不见伊人,更念伊人。身处上海的朱生豪,以几乎每天一封信的频率,遥寄自己的相思。他道爱她像爱一首诗一样,其实,她早已化为他笔下的诗句,每一词,每一句,多情动人。

到上海世界书局后不久的朱生豪,做出了人生中的一大决定,翻译《莎士比亚戏剧全集》。朱生豪曾听闻他国人嘲讽中国为没有文化之国,竟连莎士比亚的译本都没有,作为爱国志士的朱生豪,自然愤慨于对方之言,只是,中国确实没有莎士比亚的译本。为了给国人争光,翻译《莎士比亚戏剧全集》成了朱生豪余生的执着。此时的朱生豪不过二十三岁,只是,中英文功底深厚的朱生豪自是有这种能力。当朱生豪写信告知宋清如自己这一想法时,宋清如是十分支持他的。而当他告知宋清如待译本完成便作为礼物送给她后，宋清如感动不已，并写了一首《迪娜的忆念》："落在迪娜心上的，是迢迢的怀念吧？"倾诉对彼此的深情。

一九三七年抗日战争爆发，时局的动荡，更让两人相见艰难。然而让朱生豪与宋清如没想到的是，两人校园一别，竟是十年光阴。

十年，并不短暂。十年的时间，足够改变太多人，太多事。而对于朱生豪与宋清如的爱情来说，十年的分别更是一大考验。不知归期，不能相见，唯有等待彼此的信件以解相思。

好：

　　谢谢你给我一个等待，做人最好常在等待中，须是一个辽远的期望，不给你到达最后的终点，但一天比一天更接近这目标，永远是渴望，不实现也不摧毁，每天发现新的欢喜，是鼓舞而不是完全的满足。顶好是一切希望完全化为事实，在生命终了前的一秒钟中。

　　我仍是幸福的，我永远是幸福的。世间的苦不算甚么，你看我灵魂不曾有一天离开过你。祝福你！

朱
十五下午

（摘自朱生豪，宋清如著；朱尚刚整理《朱生豪情书全集手稿珍藏本上》，中国青年出版社，2013年）

太多的爱情，毁在等待二字上。只是，对于朱生豪来说，等待是甜蜜的。只要是宋清如给的等待，他便甘之如饴。能够遇到一个值得等待之人,即便是一生,苦亦是甜的。漫长的时光所赋予他的,唯有感情的沉淀。

宋清如也是幸福的,在漫长的等待中,她始终回应着朱生豪的眷恋。"愁到旧时分手处,一桁秋风,簾幙无重数。梦散香消谁共语,心期便恐常相负。落尽千红啼杜宇,楼外鹦哥,犹作当年语。一自姮娥天上去,人间到处潇潇雨。"一首《蝶恋花》,倾诉了几多深情。

当日军在上海发动"八一三"事变,淞沪会战爆发,身处上海的朱生豪虽逃过此劫,已完成的全部译稿却焚于战火。这对于用生命在翻译的朱生豪来说无疑是一个沉重打击。只是,他还有一颗火热的心,他还有宋清如的支持,朱生豪很快重振旗鼓。当一九四一年太平洋战争爆发后,日军占领租界,朱生豪虽侥幸逃脱,全部译稿却再次毁于战火。多年的心血再次毁于一旦,朱生豪却从未想过放弃,又一次整顿再起。

只要彼此深爱,便无所畏惧。即使处于战乱的时代,岁月并不静好,朱生豪与宋清如两人却共同拥有心的安稳。

小亲亲:

昨夜写了一封信,因天冷不跑出去寄,今天因为觉得那信写得……呃,这个……那个……呢?有点……呃,所以……所以扣留不发。

天好像是很冷是不是?你有没有吱吱叫?

因为……虽则……但是……所以……然而……于是……哈哈哈!

做人顶好不要发表任何意见,是不是?

我不懂你为什么要……你猜要什么?

有人喜欢说这样的话,"今天天气好像似乎有点不大十分很热""他们两口子好像似乎颇有点不大十分很要好似的样子"。

你如不爱我,我一定要哭。你总不肯陪我玩。

小癞痢头
三月二日

(摘自朱生豪著《朱生豪情书》,上海社会科学院出版社,2003年)

　　此心安处便是吾乡,彼此交付的心,找到了回家的路,那便是彼此的心里。爱得越深,便越纯真。此时的朱生豪,天真如小孩般,唤宋清如为小亲亲、宝贝、妞妞、傻丫头、宋儿、小鬼头儿、好宋、宋宋、无比的好人、宋家姐姐、澄儿、青女、青子、昨夜的虞山小宋等,各种怪异的昵称,细数来竟多达七十余种。不仅如此,朱生豪还将自己署名为小癞痢头、绝望者、你脚下的蚂蚁、丑小鸭吃笔者、和尚、堂吉诃德等,连同调皮风趣的内容,无限的宠溺与深情尽显于此。

　　十年纸上的柔情,终于修得正果。一九四二年五月一日,两人相聚于上海,举行了简单的婚礼。这一年,宋清如三十一岁,朱生豪三十岁,两人的恩师亦是词学大师夏承焘为这对大龄新婚伉俪题下八个大字:才子佳人,柴米夫妻。

　　如果说"贫贱夫妻百事哀"不无道理,却不适于朱生豪与宋清如的清贫生活。婚后两人的生活是穷困的,却更是幸福的。朱生豪第三次全身心投入到翻译《莎士比亚戏剧全集》的事业中,宋清如则成为他的守护者，悉心照顾朱生豪的生活起居，过上了"他译莎，我烧饭"的简单生活。把简单的生活过成一首诗，便是如此。

在生命最后的那段岁月里，朱生豪曾深情说道："我很贫穷，但我无所不有。"宋清如便是他的全世界，只要有她，他便拥有了一切。

然而，两人的温存不过两年，朱生豪便病倒了。长期的高强度翻译工作摧残了朱生豪的身体，当朱生豪翻译到《亨利五世》时，突发肋间剧痛、痉挛，被确诊为肺结核晚期及严重并发症。只是，他没有钱，也没有时间看病。

十年漫漫相思路，却不过两年的短暂相守。这对于两人来说，是何其残忍？不舍却无奈，病重的朱生豪终究是去了，带着遗憾离开了人世，留给宋清如一个十三个月大的儿子以及五部半没能译完的莎剧。

对于此刻的宋清如来说，随朱生豪而去该是莫大的幸福。只是，她还有两人的孩子，还有他倾尽毕生心血未完成的梦想，她得替他继续。

多年后，宋清如终是完成了丈夫的未尽心愿，抚养孩子长大成人，出版了他的遗稿。

在漫长的孤寂岁月中，宋清如不是没有尝试过去爱别的男子，只是，他人终究不是那一人。

能分开两人的，唯有死亡。只是，生命的终结，并非爱的结束。在长达半个世纪的相思中，他始终与她同在。

第十一章

自此形影不相离——瞿秋白致杨之华

她同一天离婚与再婚,他丧偶后再娶她。他与她同是再婚者,两人的结合却被后世人誉为"天作之合"。而那一段轰动一时的"三角恋",则以最和谐的方式得以处理。因为爱,所以值得成全与被成全。他们便是"秋之白华"。

之华:

临走的时候,极想你能送我一站,你竟徘徊着。

海风是如此的飘漾,晴朗的天日照着我俩的离怀。相思的滋味又上心头,六年以来,这是第几次呢?空阔的天穹和碧落的海光,令人深深的了解那"天涯"的意义。海鸥绕着桅樯,像是依恋不舍。其实双双栖宿的海鸥,有着自由的两翅,还羡慕人间的鞅掌。我俩只是少健康,否则如今正是好时光,像海鸥样的自由,像海天般的空旷,正好准备着我俩的力量,携手上沙场。之华,我梦里也不能离你的印象。

独伊想起我吗?你一定要将地名留下,我在回来之时,要去看她一趟。下年她要能换一个学校,一定是更好了。

你去那里,尽心的准备着工作,见着娘家的人,多么好的机会。我追着就来,一定是可以同着回来,不像现在这样寂寞。你的病怎样?我只是牵记着。

可惜，这次不能写信，你不能写信。我要你弄一本小书，将你要写的话，写在书上，等我回来看！好不好？

秋白
一九二九年七月十五

（摘自侯书森主编《百年老书信三情事卷》，改革出版社，1998年）

如若看不到你的身影，即使"咫尺"，亦是"天涯"。不忍别离还伤别离，这一对"秋之白华"之璧人，还未分别便害相思。她不在自己身边，他的梦里都是她。此刻的瞿秋白，不再只是那个一心为了革命的硬汉，他的柔情、他的眷念，于笔尖划出浪漫的情话。只是，两人的相爱经过却并不美满，可谓是百转千回，曲折离奇。

出生于书香世家的瞿秋白，从小便沉浸在文化的熏陶中。父亲瞿世玮擅长山水丹青，风格古朴清丽，却天性淡泊，不治家业。母亲金璇精于文史诗赋，写得一手工整娟秀的小楷，六伯父世琨擅长金石篆刻。瞿秋白作为家中的长子，在家人的悉心栽培下，深受传统文化的感染，亦养成了内敛温润的个性。

瞿秋白的童年以及少年时代是幸福的，直到他十七岁那年，家道不幸中落，只得依靠到处借钱来维持生计。潦倒的生活让这个原本充满欢声笑语的家庭变得压抑，不堪压力的母亲选择吞药而自杀，瞿秋白则因交不起学费而辍学。在得到表舅母的资助后，瞿秋白寄居到在京汉铁路局当翻译的堂兄瞿纯白家，并进入武昌外国语学校学习英文。

只要有梦想，便可克服一切困难。十八岁的瞿秋白与瞿纯白一同北上寻梦。北京大学是瞿秋白理想的大学,却因交不起学校的学膳费而弃考,最终考入外交部办的"不要学费又要出身"的俄文专修馆,学习俄文。

当轰轰烈烈的五四运动爆发后,瞿秋白积极参与运动,并加入李大钊、张嵩年发起的马克思主义研究会。之后瞿秋白参加了更多的革命运动。一九二〇年八月,瞿秋白被北京《晨报》和上海《时事新报》聘为特约通讯员到莫斯科采访。这一期间,瞿秋白更坚定了自己的革命理想与道路,并毅然加入了中国共产党。三年后,瞿秋白受陈独秀邀请,离开莫斯科启程回国工作。回到北京的他,开始踏上中国的政治舞台。这年夏天,瞿秋白到上海大学担任教务长兼社会学系主任。也是在这里,瞿秋白遇上了自己人生中的第一位恋人王剑虹。

因为志同,所以道合。热衷于革命事业的王剑虹与挚友丁玲一路辗转至上海,并结识了从苏联回国不久的瞿秋白,并在瞿秋白等人的介绍下,王剑虹与丁玲一起前往上海大学文学系学习。

因着共同的革命理想,瞿秋白与王剑虹的交往甚密。王剑虹去听瞿秋白的讲课,被他的博学所折服,瞿秋白利用业余时间教她俄文,被她的活跃思想所打动。两颗年轻、火热的心,很快擦出爱的花火,并最终喜结良缘。

两人的生活是从上海慕尔鸣路彬兴里307号一幢弄堂房子开始的。感情要好的两人,默契于共同的事业,甜蜜于崭新的生活。当瞿秋白去广州参加国民党一大,两人新婚后第一次分别。不见伊人,眼前却似乎"时时刻刻晃着你的影子",彼此的相思只能盼望来信以解愁。瞿秋白在信中深情呢喃:没有你,我怎能活?

以前没有你，不知我怎样过来的。我真的不懂了，我将来没有你便又怎样呢？我希望我比你先没有。如果时间能够就此停住，瞿秋白亦是愿意的，相思的折磨苦却甜。只是，希冀与现实常常背道而驰。

恩爱静美的生活不过半年余，王剑虹便因患肺病不治而去世。这一刻的到来，让瞿秋白不敢相信，不能接受。他与她的婚礼似乎就在昨日，海盟山誓依旧清晰回响在耳边。他记得她的一颦一笑，记得她对自己说过的每一句话，而从此刻起，他再也看不到她的笑颜，再也听不到她的笑语，这让他如何能接受。

当房间里只剩下瞿秋白一人时，他像往常一样一遍遍呼唤"梦可、梦可……"，这是他对王剑虹的爱称，法语意为"我的心"。可是，不论他如何呼唤，房间里回应他的，只有自己的回音。这一刻，瞿秋白无比清醒地认识到，妻子是真的去了，永远离开了自己。

王剑虹离开了人世，却活在瞿秋白的每一分每一秒中。这般痛苦的相思，折磨着瞿秋白，他却仍旧不想亦不会试着去忘却她。

逝者已矣，活着的那个却悲伤不已。然而尽管痛苦不堪，瞿秋白却仍旧要继续活下去，他的革命事业还未成功，他必须要坚强地活下去。

只有活着，才可能遇到奇迹。瞿秋白是幸运的，一位名为杨之华的女子于此时走进了他的世界，温暖了他那颗浸透在悲哀中的心。

出生于绅士门第的杨之华，拥有一颗为革命燃烧的心。当五四运动爆发后，还在杭州女子师范学校就读的她便积极投身于运动中。一九二三年,杨之华考入了上海大学社会学系,成为瞿秋白的一名学生。

对革命事业充满热忱的杨之华,身影活跃于各类运动,带领其他学生一同追求光明与真理。成绩优异的杨之华看到了中国女性仍挣扎在旧礼俗之中,作为"新女性"的她,以极大的热情投身于妇女工作,她立志要与万千女同胞一起冲破束缚,走向美好的未来。

最初的瞿秋白与杨之华,不过是志同道合的革命伙伴。她听他精彩绝伦的授课,听他激昂热血的演讲,他则欣赏她的优秀,鼓励她的上进。他与她之间,不过是纯洁的革命友谊。

失去妻子的瞿秋白曾一度陷入了无法自拔的悲哀之中,尽管他仍旧一心扑在工作上,对工作没有丝毫懈怠,这样的他,却更让杨之华心疼。只是,对于他的痛楚,此刻的她只能远远看着。

一次偶然的机会,两人的关系有了进一步的发展。孙中山先生的苏联顾问鲍罗廷夫妇到上海来了解上海的妇女运动情况,因负责上海妇女工作的向警予有事不在,杨之华便被予以重任,代向警予做报告,负责翻译的正是瞿秋白。报告开始时杨之华不无紧张,在瞿秋白的无声安慰以及耐心指导下,杨之华很快摆脱了紧张情绪。尽管是瞿秋白与杨之华的第一次合作,两人却十分默契,汇报工作圆满结束。

不久,在向警予和瞿秋白的帮助下,杨之华加入了中国共产党,介绍人之一便是瞿秋白。因着共同的革命目标,两人的联系增多。在不断的学习、革命工作中,两人有了更多的交流,彼此的了解更进一步,感情亦慢慢得到升华。

感情总是渗透在相处中的点滴，待发现时，心早已湮没在凝集成的感情巨流中。瞿秋白不知道自己是何时爱上这个明媚的女子的，他只知道，自己那颗尘封的心，在不知不觉间已重新为爱而跳动。

因为伤过，便更懂得珍惜。慢慢走出悲伤的瞿秋白，亦明白了杨之华对自己的心意。既然上天眷顾他，让他再次获得了爱情，有什么理由不去珍惜？然而，爱情并没有如此顺利。横隔在两人之间的，是杨之华的尴尬身份。

原来，在遇到瞿秋白之前，杨之华已结婚。杨之华与沈剑龙为同乡，因爱结合，并度过了一段美好的日子。新婚不久后沈剑龙离家去上海工作，却逐渐沉迷于上海的灯红酒绿而不可自拔。远在家乡的杨之华在得知丈夫于十里洋场的纸醉金迷生活后非常愤怒，却无能为力。在生下两人的女儿后，因对丈夫的失望，杨之华为女儿取名"独伊"，意为只生一个，并只身跑到了上海。生活堕落的沈剑龙与进取向上的杨之华之间的距离越来越远，最终感情破裂，两人的婚姻变得有名无实。

无论是瞿秋白的才华还是人格魅力，都让杨之华动心。只是，即使她与沈剑龙的婚姻只剩下一个躯壳，可名义上她仍旧是沈太太。因为深爱，所以会顾虑更多。不知道如何面对瞿秋白感情的杨之华，最终选择了逃避，从上海回到了萧山娘家。

有些事情，错过便是一生。对于这点，瞿秋白是深有体会的。他已经失去了王剑虹，上天有幸给了他再次爱与被爱的机会，他应该把握住，他不想再给自己的人生留下遗憾。而且，既然沈剑龙不能带给杨之华幸福，他更加要去争取。

做出决定后的瞿秋白追到了萧山,他要为两人的爱情负责。瞿秋白用实际言行表达了自己对杨之华的真挚感情,感动了杨之华,亦打动了杨之华的哥哥。在杨之华哥哥的帮助下,瞿秋白、杨之华与沈剑龙三人见面,商议如何解决这一段"三角恋"。

情敌见面本应该分外眼红,可是,三人的会面是极其和平的。三人在杨家的一间屋子里交谈了一整夜,沈剑龙被瞿秋白对自己妻子的真情所打动。如果对方是瞿秋白,沈剑龙相信自己的妻子会很幸福,他决定成全这一对有着深厚革命情谊的佳人。

这是一场不是谈判的谈判,过程出人意料,结局却在情理之中。之后瞿秋白与杨之华一起回到了上海。不久后,上海的《民国日报》上刊登了三条启示:

杨之华沈剑龙启事:自一九二四年十一月十八日起,我们正式脱离恋爱的关系。

瞿秋白杨之华启事:自一九二四年十一月十八日起,我们正式结合恋爱的关系。

沈剑龙瞿秋白启事:自一九二四年十一月十八日起,我们正式结合朋友的关系。

连续刊登三天的启示,轰动了整个上海滩。看似不合常理的事,却实实在在的发生了。更让人意料之外的是,瞿秋白与杨之华结婚的那天,沈剑龙不但亲自参加了两人的婚礼,并送上真诚的祝福。在之后的日子里,沈剑龙与瞿秋白成为好朋友。

真挚的感情,是值得被祝福与成全的。瞿秋白与杨之华两人婚后的生活非常甜蜜,只羡鸳鸯不羡仙。为了纪念两人来之不易的结合,瞿秋白刻了三枚图章送给杨之华,刻字分别为"秋白之华""秋之白华"和"白华之秋","以示你中有我,我中有你,无你无我。永不分离。"两人的定情信物则是瞿秋白送的一枚金别针,上面有他亲自刻的"赠我生命的伴侣"七字。

不过,两人的结合并未得到所有人的认同。不同于沈剑龙的豁达,沈剑龙的父亲沈定一强烈反对瞿秋白与杨之华的结合。沈定一是欣赏杨之华的,很满意她成为自己的儿媳,并对她予以多年的悉心栽培。而如今杨之华与自己的儿子离婚并再嫁,沈定一不能接受,因此不准杨之华带走女儿独伊,并不允许杨之华看望女儿。

瞿秋白心疼妻子的思女心切,想尽办法安慰杨之华,并支持妻子前去沈家探视女儿。只是,杨之华满怀希望而去,沈家却拒绝让她见女儿,最后在沈家姨太太帮助下匆匆见了女儿一面而黯然离去。不久后,瞿秋白与杨之华一起去沈家,一波三折后,两人终于带上女儿回到了上海。

虽然一生娶了两个女子,瞿秋白对爱情却无疑是忠贞的。两个女人,两段爱情,每一段,瞿秋白都情深似海,不曾辜负。爱屋及乌,因着对杨之华的深爱,瞿秋白把独伊看作自己的亲生女儿。

女儿被取名为瞿独伊,瞿独伊唤他为"好爸爸",瞿秋白把女儿捧在手心。"秋白无论在我和独伊或在其他人面前,总不使人感到独伊不是他亲生女儿。独伊从小没有感到秋白不是自己的亲爸爸。"这一切,杨之华看在眼里,不无感动与庆幸。

一九二八年春，瞿秋白动身前往莫斯科，筹备中共六大。五月下旬，杨之华带着女儿瞿独伊与他相聚于莫斯科，一家三口在此度过了一段美好、难忘的日子。

之华：

昨天晚上写了一封信，现在已经觉得又和你离别了不知多少时候了，又想写信。

之华，再过四天，我俩可以见面了。我是多么高兴！今天这里的天气非常好，青天白云，太阳光耀着，冷风之中已经含着春意，在那里祝贺我俩的叙首呢。我数了一数你写给我的中俄文信一总有三十封了！我读了又读，只是陶醉在你的爱之中，象（像）醇酒一样的甜蜜，同时，在字里行间我追随着你的忧愁或高兴，我觉得到你的一切一切！！之华，我吻你。

……

你说，决定暂时不用功而注意身体。这是很好，我原是时时想着的，时时说的。之华，这不好是灰心，而是要觉得自由自在的。自己勉强固然是必须的，但是不要自己苦自己。我俩虽已到中年了，可是至少还有二十年的生活呢，不要心急，不要焦灼。我一生就是吃这个苦。我是现在听着之华的话，立志要改变我的生活，之华，你自己也要如此，你要如此！！

我俩快见面了！！！

秋白
一九二九年三月十八日

（摘自黄勇主编《中国现代文学名著文库瞿秋白》，汕头大学出版社，2014年）

忙于工作的瞿秋白不久后便肺病加重，并住进列宁疗养院休养，两人分别两地。然而在这一个多月的分离时间里，瞿秋白度日如年，数着分秒，计算着两人的相聚时间。陪你到老并非一句空话，瞿秋白立志要注意身体，并嘱托妻子也要保重身体，因为他与她的未来，还很长。

只是，瞿秋白以为两人"至少还有二十年的生活"，却不料他的人生竟是如此的短暂。一九三五年二月二十四日，年仅三十五岁的瞿秋白在福建被敌人抓住，从容就义。

瞿秋白把短暂的青春献给了革命，终究未能实现自己许下的诺言，与妻子相伴到老。

"再没有人比秋白对我更好了。"在瞿秋白牺牲后的几十年的风风雨雨中，有一位古稀老妪，始终惦记着他，直至生命的尽头。

第十二章

许你半个诗意世界——朱湘致刘霓君

从最初的厌恶到同情,从同情再到相爱,这并非只有小说里才有的情节。他是"清华四子"之一的诗人朱湘,她是富贵人家女子。由排斥到动情,在最终爱上落魄的她后,他为她取名为刘霓君,为她写下106封情书。只是,从温情到死亡,不过一壶酒一首诗的时间。爱到深处,竟是梦一场。

霓君,我亲爱的:

这是第七封。挂号寄给你的许多美术明信片想必早已收到。关于小沅、小东你自然会带,不用我多说。不过有两件事情怕你大意,要告诉你一句。第一要让他们早睡,睡得太迟是于小孩子有伤的。九点钟以前,小沅就要睡了,不可再迟。小东还可以睡早些。第二他们要吃零嘴,都要大店里买,千万不要买街上的担子挑的。尤其是夏天,更危险的不得了。最好你上街时候顺路买些点心(要大点心店的)。回家藏在瓷缸子中间,他们要吃时候给他们些。所以小沅、小东你得特别小心。前几天我在夜里梦到同你相会,同在一床,两人在枕边说了许多许多恩爱的话才睡。在外国的这几年我总要好好地混个名声回去,并且把身子保护得一点病没有地回去,省得像某某那样,生出来的孩子有软骨病。(这个我们自己心内知道好了,千万不要向别人说。)如今芝加哥已经暖和起来了,草也绿了。天气一好,精神上舒服得多。如今不是自己做饭,怕太麻烦,并且一个人做饭也不上算。不过我说的每个月寄那么多钱给你,那是不会错的。只好在我自己身上想法子来省了。还有常常寄许多画片给你,那也是不会误事的。等下个月我就写信买去。美国零碎东西我有时也要买些留着,回国时带给你。不能就寄,因为太费事。总要回国之时让你看见许多稀奇古怪的东西,小沅、小东也要有许多玩意儿。那时我的身子送到了你的怀中,并且也有许多有趣的东西送到了你的手中。霓君,霓君,你知道我现在是多么爱你啊!我回国以后,要做一个一百分好的丈夫,要做一个一百分好的父亲。

沅

三月十四日第七封

(摘自朱湘著《海外寄霓君》,北京师范大学出版社,2014年)

　　他是一位诗人,信中的叮嘱却近乎唠叨。如若不是深爱,怎么如此关切?远在异国的朱湘,心中时刻牵挂着家中的妻儿,却只能寄情于笔墨之中,道不尽缱绻爱意。

　　情书,情之书也。如果说新文学史上存有四大经典情书,那便是鲁迅致许广平的《两地书》、徐志摩致陆小曼的《爱眉札记》、沈从文致张兆和的《湘竹书简》以及朱湘致刘霓君的《海外寄霓君》。款款情意,深深爱恋,呢喃着一个关于爱的故事。

　　这个被鲁迅称为"中国的济慈"的诗人朱湘,他的人生,不长却痛彻。

　　朱湘的一生一直在与残酷的现实做斗争。出生于湖南省沅陵县的他,自幼便天资聪颖,深得父母的宠爱。朱湘出生时父亲朱延熹正在湖南沅陵做官,因对儿子的殷切希冀,便以"仁者乐山,智者乐水"为据,为他取名"湘"。

不幸的是,朱湘三岁那年,母亲因病去世,八年后,父亲亦离开了人世。失去双亲的朱湘由长兄抚养,只是,父母的相继离世在他的心里留下了不可磨灭的伤痕。且因与长兄的年龄相差太大,朱湘与长兄之间难免有隔阂。不能忘却的心伤,孤寂的成长岁月,使得朱湘从小便心性敏感脆弱,自然又导致他自尊心的增强。而当自尊心达到一种病态的强度,他的性格便偏激且冷漠。像刺猬一样竖起刺,虽保护了自己,亦拉开了自己与他人的距离。极少与其他兄妹交流的朱湘,常常一个人躲在屋子里看书或绘画,如此孤僻的性格,更让他不被他人喜爱。

十五岁的朱湘进入南京工业学校预科学习,在这一年里,朱湘受到杂志《新青年》的影响,开始接受新思潮。一年后,朱湘考入清华大学。也就是在这个文化乐园,朱湘的文学天赋开始显露,他的创作亦正式开启。

热衷于文学的朱湘不但参加清华文学社的活动,并加入了文学研究会。在这一时期,朱湘开始在《小说月报》上发表新诗,名声亦逐渐传播开去,且与其他三位校园名气学生诗人饶孟侃、孙大雨和杨世恩并称为"清华四子"。多年后,其他三位诗人都成为了文学大家,朱湘却早已消逝在人间。

写诗、看书、上课,朱湘的生活是平静而充实的,却在不久后因一位女子的出现而被扰乱。

朱湘有一位由父母指腹为婚的未婚妻,名为刘采云。对于这样一门包办婚姻,朱湘是反感的。对于他来说,两个没有感情基础的人的结合是不能忍受的。为了逃避这门亲事，朱湘选择进入清华学习。他本以为与家离得远了，这门亲事便可不作数，他甚至计算着以留学美国来逃离这桩婚事。只是，他的大哥却带着女子寻到了清华。

没有办法躲避的朱湘选择在一家旅馆与大哥会面。当站在角落里的女子进入朱湘的视线，他的心里涌起一阵厌恶感。当刘采云道出自己看过他的诗作，语气里流露出倾慕之意，朱湘的反感之情更甚。而当她表明自己这辈子一定要跟着朱湘后，朱湘再也忍不住，气愤而离去。对于朱湘的决绝态度，他的大哥也没有办法，只得带着刘采云回到老家。

就在他的大哥离开不久后，发生了一件让朱湘始料未及的事。朱湘成绩优异，是学生中的佼佼者，是才子，是诗人。同时，他还是一位性子极其独特的人，甚至可谓有些乖戾。崇尚自由的朱湘是不甘被束缚的。清华校规规定早餐前必须点名，朱湘认为此项规定太过严苛，因此拒绝遵守，并故意迟到多次。在他离留学美国还有半年的时候，朱湘被学校突然通告开除。原来他累积迟到达二十七次，被学校记大过三次，学校决定开除他。

朱湘是清华大学第一位因如此原因而被开除的学生，此事在学校引起一时轰动。而对于这一处决结果，朱湘不无愤怒，更多的却是失望："清华的生活是非人的，人生是奋斗的，而清华只钻分数；人生是变换的，而清华只有单调；人生是热辣辣的，而清华只有隔靴搔痒。至于清华中最高尚的生活，都逃不脱一个假，矫揉！"

朋友试图为他游说，朱湘断然拒绝了。他以高傲的姿态，毅然离开了这个他又爱又恨的地方。

朱湘无疑是任性的，是张扬的，是孤傲的，却同样是纯真的，叛逆到可爱。只是，他的一颗纯粹的赤子之心，使得他与世俗格格不入。

离开了学校的朱湘只身来到了上海。一身傲骨的他，举目无亲，却又不肯接受他人的资助，唯有靠诗文写作赚取微薄的稿费，作为生活的来源，因此生活极其潦倒。只是，朱湘却并未向生活屈服，在这段困顿的日子里，朱湘仍旧坚持创作，醉心于纯粹的诗文写作。皇天不负有心人，朱湘的作品越来越多见刊于杂志，在文坛的名气也不断增加。

当朱湘的哥哥再次找到他时，仍旧是有关于那个被他拒绝的女子。哥哥告诉朱湘，刘采云的父亲去世了，财产被她的兄长独占，她亦被兄长赶出了家门。刘采云从一个富贵人家女子沦为无处依靠的落魄女子，只得来到上海打工维持生计。

对于刘采云，朱湘打心底不喜欢。可如今听到她的悲惨遭遇，朱湘的心情有些复杂。朱湘想到两人的订婚，说到底，刘采云也不过是包办婚姻的受害者。如今她只身一人来到上海讨生活，朱湘能够猜想到她生活的艰辛，这让他也想到了自身的遭遇。

怀着复杂的心情，朱湘在一家纱厂的洗衣房找到了刘采云。刘采云衣着简朴，一双手由于整天泡在水里而变得臃肿不堪。两人相对无言，最后刘采云道了一句"谢谢你来看我"。

之后朱湘由于商务印书馆的邀约，全身心投入到诗文创作中。朱湘一名字出现在《呐喊》《红烛》《流云》等各刊物上，他的才学亦受到上海文坛的重视与赞赏，好评如潮。

当朱湘再次来到纱厂时，他是在一间潮湿阴暗的小屋里看到刘采云的。由于生病而躺在床上的刘采云的状况看起来非常糟糕。当刘采云看到来人，再也忍不住流出泪来。这些日子里所受的委屈、艰苦与病痛，几乎让她快要崩溃。

静默片刻，朱湘最终伸出手，为她揩掉脸颊的泪珠。"我答应娶你。"是同情吧，同情刘采云的不幸遭遇，却也赞赏她独自出来讨生活的勇气，才会让他做出与之前截然相反的决定。

两人举办了一场简单的婚礼。

从排斥到同情再到相爱，朱湘的情感世界发生了彻底的改变。婚后两人度过了一段温情的时光，并有了爱情的结晶。在这段时期里，朱湘的诗文创作进入了高峰期，不但创作了《答梦》《情感》《雌夜啼》等大量诗歌，出版诗集《草莽集》，并与闻一多、徐志摩等人在《晨报副刊》上创办《诗镌》一栏目，成为新月派诗歌的代表人物之一。

在与刘采云结婚的第二年，朱湘在朋友帮助下重回清华学习，并于一年后赴美留学。

身处异国他乡，遥远的距离，形单影只的孤寂，更勾起了朱湘对妻儿的想念。

我替你取的号叫霓君（这两个字我如今多么亲多么爱）是因为你的名字叫采云，你看每天太阳出来时候或是落山时候，天上的云多么好看，时而黄，时而红，时而紫，五采一般（彩字同）这些云也叫作霓，也叫作霞。（从前我替你取号叫季霞，是同一道理，但是不及霓君更雅。）古代女子常有叫什么君的，好像王昭君便极其有名。
（摘自邹婧编著《装在信封里的民国》，中央广播电大出版社，2014年）

在他的心里，她堪比最美丽多彩的虹，比得上古代之巾帼，他便为她取名为"霓君"。其实，朱湘自骨子里是一个浪漫主义诗人，他所追求的世界，是纯粹的，唯美的，不会有丝毫的屈服。

留学生活远没有朱湘之前所料想的美好，在那个"自由的国度"，朱湘过得并不自由。为了给国内的妻儿多寄一些钱，身处繁华的美国，朱湘过上了极为简朴的生活，却甘之如饴。他不断给妻子写信，写美国的所见所闻，写自己对她的思念，事无巨细地嘱咐她照顾好自己与孩子。

霓妹亲爱：

你前一封信内说你害了病，幸亏就好了。这都是你太劳碌了，所以害病。我求你千万不要再多劳了罢。每月我希望你至少有三封信给我，里面你可以说你自己怎样，做些什么事，小沅、小东说些什么话做些什么事；你同他们两个的生活琐事我听来也颇有情趣，你说我的信很可爱，这是因为你是一个可爱的人，所以我写给你的信也跟着可爱了。霓妹我的爱人，我希望这四年快点过去，我好回家抱你进怀，说一声："妹妹，我爱你！我永远爱你！"如今春天，外国有一种鸟处处可见，有麻雀那么大，嘴尖子漆黑，身子是灰鼠色，唯独胸口通红，这鸟的名字是"抱红鸟"，这名字是我替它起的，它原来的名字叫"红胸"。四年以后，我们夫妻团圆，那时候我抱你进胸怀，又软和，又光滑，又温暖，像鸟儿的毛一样，那时候我便成了抱红鸟了。

（摘自徐志摩等著《民国最美的情书》，万卷出版公司，2015年）

他期盼着两人团聚的日子，他爱看妻子给他写的信，即使是"生活琐事我听来也颇有情趣"。在日常生活的关照叮咛间，可见夫妻间的体贴呵护。如水的柔情，让人读之甚暖。

在这段爱情中，刘霓君始终是有些自卑的，她担心身处美国的丈夫抵不住物欲的诱惑，回信中不免透露出内心的不安与抱怨。

霓君亲爱：

……你说的话实在过重，叫我受不起，我不知道多么难受。但望将来早点回家，把这片心剖给你看罢。我听说你搬来搬去，实在是心中十分难过，我知道你受了很多的苦，很多的气，只好回家之后，一总由我向你赔罪好了。你一切都好，我是很知道的，也很放心，我就是恨自己不能回家，替你分担些忧，要累你带小沅、小东……唉，你哪知道，我多天做梦回家，从梦中哭醒了啊。我如今在美国也不看电影，也不听戏，一天到晚只是守在房中，你想这是为的谁呢？我真想这几年快点过完了，早些看见你，才快活。我看一看，这几页纸上，字写得东歪西斜，有稀有密，这都是我心中难受，想家太甚，心不在上的道理。

（摘自徐志摩等著《民国最美的情书》，万卷出版公司，2015年）

猜忌是夫妻间的感情杀手。面对妻子的怀疑，朱湘则用一番肺腑之言，安慰着妻子，使她得以心安。刘霓君为这个家所付出的辛劳，即使不在妻子的身边，朱湘也是知晓的。他心疼妻子，更懂得珍惜妻子的好。他对她，除却缱绻情深，还有一份浓烈的感恩之情。

留学生活并未逐渐好转，朱湘变得更为苦闷。在留学之前，朱湘对即将到来的留学生活是充满憧憬的。极为自信的他，计划用三年的时间取得博士学位。只是，他的过分敏感，让他与世俗的社会格格不入。

　　当他在劳伦斯大学就读时，一次课上，一位教授把中国人比作为猴子，这让朱湘极度愤怒。朱湘的强烈自尊心激发了他的爱国心，他不能容忍外国人对中国人的歧视，于是愤而退学，转入芝加哥大学，之后又转入俄亥俄大学。

　　在美国的两年，朱湘先后换了三所大学，却未能拿到任何文凭，失望至极的朱湘最终选择了回国。回国后的朱湘担任安徽大学英国文学系主任，却在不久后因学校拖欠工资而不得已辞职。此时刘霓君生下了两人的第三个孩子再沉，失去经济来源的一家子，生活陷入困顿之中。

　　当没有奶吃的新生命挨过七天后，竟被活活饿死，这对于朱湘与刘霓君来说，该是何等的悲痛与打击？绝望的刘霓君开始怨恨丈夫的无能，朱湘却不知道该如何做来弥补这一心殇。他曾经答应过妻子给她想要的生活，却未料到如此之结果。

　　之后朱湘开始辗转于北平、上海、长沙等几个城市，于漂泊的岁月中边找工作边写诗文。然而，性情孤高的他，是始终学不会，亦不屑委曲求全的。"生无媚骨"的他，谋职四处碰壁，而他的孤傲又得罪了很多人，最终连诗稿的发表也越来越困难。

　　朱湘的世界太简单了，只容得下诗与感情。而如今，诗文遭拒，他与妻子的感情破裂，他的灵魂，竟无处安放。

　　朱湘用口袋中仅有的钱，拿出一部分买了去南京的船票和一瓶酒，剩下的买了一包妻子平日里最爱吃的饴糖。

那是一个清冷的早晨，朱湘登上去南京的渡轮。当酒尽，诵诗亦止，二十九岁的朱湘手持《海涅诗集》与自己的诗作，纵身一跃，湮没在了冰冷的江水中。

是殉情亦或殉诗？是对命运的反抗还是对残酷现实的绝望？答案，其实已不重要。他是一位诗人，孤傲与纯真是他的秉性，他的不羁，他的叛逆，他的纯粹，于诗文中流露。他活得最真实，最自我，最终，他的生命亦由他亲自埋葬。

诗人去了，去寻求自我了，却独留那一女子，青灯古佛伴余生。

第十三章

爱恨绵绵有时尽——郁达夫与王映霞

他是家有贤妻的而立青年,她是已定媒妁的妙龄少女,一次偶遇,扰乱了青年的心。然而,他对她的一见钟情,不过是单相思。当两人历经曲折喜结秦晋之好后,却爱之切恨之深,最终劳燕分飞各一方。

映霞:

　　昨天的一天谈话,使我五体投地了,以后我无论如何,愿意听你的命令,我平生的吃苦处,就在表面上老要作玩世不恭的样子,所以你一定还在疑我,疑我是"玩而不当正经",映霞,这是我的死症,我心里却是很诚实的,你不要因为我表面的态度,而疑到我的内心的诚恳,你若果真疑我,那我就只好死在你的面前了,临走的时候,我要——你执意不肯,上车的时候,我要送你,你又不肯,这是我对你有点不满的地方,以后请你不要这样的固执。噢,噢,不要这样的固执。礼拜日若天气好,我一定和你去吴淞看海,那时候或是我来邀你,或是来邀我,临时再决定吧!

　　我今天在开始工作,大约三四天后,一定可以把创造月刊七期编好。第一我要感激你期望我之心,所以我一边在作工,一边还在追逐你的幻影,昨天的一天,也许是我的一生的转机吧!映霞,我若有一点成就,这功劳完全是你的。我说不尽感谢你的话,只希望你对我的心,能够长此热烈过去,纯粹过去,一直到我们俩人死的时候止,我们死是要在一道死的。

达夫
三月八日午后

(摘自徐志摩等著《民国最美的情书》,万卷出版公司,2015年)

  有一句俗语这样讲,在爱情中,谁先动情谁就输了。只是,真正的爱情并非一场输与赢的博弈,爱情的深浅亦不是用时间的先后来衡量。爱上一个人,亦或是被爱,不论是单相思,还是两情相悦,只要是爱了,便不负情之一字,不负自己。郁达夫爱上了"明眸如水,一泓秋波"的王映霞,在被她屡次拒绝后,他的深情终究是感动了她。只是,两人情路之坎坷,尚未结束。

  出生于知识分子家庭的郁达夫,原名郁文,字达夫,从小便深受文化知识的熏陶。在他三岁时,父亲不幸去世,留下兄弟三人,全由母亲一人抚养。幼年的郁达夫便表现出了在文学上的独特天赋,九岁时便能赋诗。成绩优异的他十五岁时考入杭州府中学堂,与徐志摩成为同学。在他进入蕙兰中学读书后,郁达夫开始创作旧体诗,并向报刊投稿。成长于国家危亡之时期的他,自懂事起便立志要有所作为,挽救国家出战乱中。十七岁的郁达夫考入了浙江大学预科,因积极参加学潮,不久后便被学校开除了。

  此时郁达夫的哥哥郁曼陀任职于国民政府,并被派遣去日本考察,郁达夫便随同哥哥一起去了日本。到达日本后不久,郁达夫考入日本东京第一高等学校学习,并开始尝试小说创作。毕业后的他进入东京帝国大学经济学部学习。在这期间，郁达夫阅读了大量的外国小说，并深受西方民主自由等新思想的影响。

郁达夫很享受如今的充实生活，直到收到母亲的突然来信，催促他回国结婚。

与民国时期大多数文人一样，在母亲的包办婚姻下，郁达夫已有未婚妻。在西方新思想的影响下，郁达夫自然追求自由恋爱，反感包办婚姻。只是，在母亲不厌其烦的敦促下，郁达夫无奈回国。

郁达夫的未婚妻名为孙兰坡，是当地乡绅大户的女儿。孙兰坡读书识字，因此与郁达夫不无共同语言。只是，这并不能动摇郁达夫反抗包办婚姻的决心。最终母亲与郁达夫双方都妥协，按照郁达夫的要求，取消一切结婚仪式，直接用一顶轿子将未婚妻抬进了家门。

这场婚姻并非郁达夫所自愿，婚后不久，他便以学业为重为由，重新去了日本。尽管郁达夫接受了妻子，并为她改名为孙荃，两人之间却没有什么感情。

暂时忘却了婚姻所带来的烦恼，郁达夫全身心投入到学业以及小说创作中。一九二一年，郁达夫与同为留日学生的郭沫若、成仿吾、张资平、郑伯奇组创文学团体"创造社"，并正式创作小说。同年十月，郁达夫出版了自己的首部短篇小说集《沉沦》。《沉沦》是中国现代文学史上第一部白话短篇小说集，它的出版，轰动了国内文坛，郁达夫的名气亦渐长。

从东京帝国大学经济学部毕业的郁达夫选择了回国，并先后任教于安庆法政专校、北京大学、广州中山大学等学校。

一九二七年的春天，郁达夫前去看望留日同学兼老友的孙百刚，遇见了暂借住在孙百刚家的王映霞，并一见倾心。

生于杭州的王映霞原不姓王而姓金，因自幼聪慧而深受外祖父王二南的喜爱，于是便被过继给王二南做孙女，易名王旭，号映霞。满腹经纶的王二南乃南社社员，精通琴棋书画，颇有名气。从童年起便承欢祖父膝下的王映霞，受到了良好传统文化的熏陶。且由于长相清丽，王映霞被称为"杭州第一美人"。

十六岁的王映霞进入浙江女子师范学校学习，并开始阅读五四新文学作品，因此在遇到郁达夫之前，王映霞便已拜读了郁达夫的作品《沉沦》，且印象深刻。

当郁达夫看到王映霞的第一眼，心便跳乱了节奏。郁达夫忘记了自己是来探望老友的，眼里、心里全是女子明媚的笑靥。情不自禁的郁达夫主动找王映霞说话，被她的吐气如兰所吸引，整颗心迅速沦陷。

午饭时，郁达夫提议去饭店吃饭，他请客。郁达夫一改推崇简朴生活的行为，竟叫了一辆汽车来接他们去饭店。因为在意，便想表现得更好。之后几人一起去看了电影，在"淘乐村"吃的晚饭。

回家的途中，略带醉意的郁达夫委婉向好友孙百刚表达了自己对王映霞的爱意，这让好友大吃一惊。孙百刚知道郁达夫家中已有妻儿，王映霞又是他的侄女，他反对两人的结合。只是，一旦动情，心便不由自己控制。

郁达夫每天往孙百刚家跑，不过是为了看一眼相思之人的一颦一笑，期盼与她多说一句话。虽然此时的王映霞没有对郁达夫的热情做出丝毫的回应，但郁达夫的言行却让作为朋友的孙百刚很是为难，他只得告知王映霞郁达夫已有妻儿。孙百刚劝阻不了郁达夫对侄女的追求，便建议王映霞先回杭州。

孙百刚本想通过距离来隔绝两人，让那份不应该有的感情淡化，哪知在王映霞离开的那天，郁达夫追到了火车站。没能在火车站寻到王映霞的郁达夫，竟跳上火车来到了杭州。让郁达夫失望的是，他仍旧没能找到她。

苦闷不已的郁达夫回到上海，意志变得消沉，整日借醉于酒精来麻痹自己。想见却不得相见，郁达夫失去了王映霞的所有音信，而他对她的爱，却早已融化在血液中，不可忘却。家人或是朋友的劝慰都减轻不了他的伤痛，郁达夫整天堕落在醉生梦死中。

也许是于心不忍，王映霞终究是写了一封信给郁达夫。收到王映霞来信的郁达夫心情豁然开朗，即使她在信中表明了两人不可能，郁达夫还是开心的。一字一词读着王映霞给他写的信，她与自己的距离，似乎不那么遥远了。

陷入爱情中的郁达夫简直魔怔了，他把自己对王映霞的款款深情写在了纸上，寄给了她。一封封情书，倾诉着他对她热烈的爱恋，对她浓浓的相思。

映霞君：

十日早晨发了一封信，你在十日晚上就来了回信。但我在十日午后，又发一封信。不晓得你也接到了没有？我只希望你于接到十日午后的那封信后，能够不要那么的狠心拒绝我。我现在正在计划去欧洲，这是的确的。但我的计划之中，本有你在内，想和你两人同去欧洲留学的。现在事情已经弄得这样，我真不知道如何是好。我接到了你的回信之后，真不明了你的真意。我从没有过现在这样的经验，这一次我对于你的心情，只有上天知道，并没有半点不纯的意思存在在中间。人家虽则在你面前说我的坏话，但我个人，至少是很 sincere 的，我简直可以为你而死。

我无论如何。只想和你见一面，北京是不去了。什么地方也不想去，只想到杭州来一次。请你再不要为我顾虑到身边的危险。我现在只希望你有一封回信来，能够使我满意。

达夫

二月十日午后

（摘自徐志摩等著《民国最美的情书》，万卷出版公司，2015年）

他不顾家人与朋友的劝慰与指责，只想再去见她一面。他对她的爱，使他拥有了向世俗礼教发起挑战的勇气。"我简直可以为你而死"，只有当情至最深处，才敢许下交付生命之诺言。爱情的温度，足够融化心的盔甲。情是真挚的，情话才能打动人。才貌绝佳的王映霞不是没有人追求，却还是被郁达夫的情话所打动。

当郁达夫接到王映霞的邀请，约他在孙百刚的尚贤坊相见，郁达夫简直不敢置信，头脑被巨大的欣喜所冲昏。当他在约定地点见到王映霞时，只觉自己拥有了整个世界。而他眼中的痴情，清晰落在了她的眼眸深处。

这次分别后两人的感情有了升温，在来回通信中，彼此的了解亦更进一步。因为深爱，才会在意自己的爱是否给对方造成困扰。郁达夫知道自己是有妻儿的，他与王映霞的爱情是不被世俗所认同的。两人的爱情，得不到亲人与朋友的祝福，反而遭受指责，对于这一切，郁达夫并不无苦恼。更让他无法接受的是，因为他的爱，王映霞亦受到周围人的指点。郁达夫知道，他的爱情，给她带去了伤害。况且，他已有妻儿，对于孙荃，即使他从来没有付出过爱情，却也有所感激。而现在他要结束婚姻，没有人会支持他。他给不了王映霞一份完整的爱，他担心自己的爱情有多烈，对王映霞的伤害便会有多深。

映霞：

　　这一封信，希望你保存着，可以作为我们两人这一次交游的纪念，两月以来，我把什么都忘掉。为了你，我情愿把家庭、名誉、地位，甚而至于生命，也可以丢弃，我的爱你，总算是切而且挚了。我几次对你说，我从没有这样爱过人，我的爱是无条件的，是可以牺牲一切的，是如猛火电光，非烧尽社会，烧尽自身不可的。内心既感到了这样热烈的爱，你试想想看外面可不可以和你同路人一样，长不相见的？因此我几次要求你，要求你不要疑我的卑污，不要远避开我，不要于见我的时候拉一个第三者在内……这一次因为我起了这盲目的热情之后，我自己倒还是自作自受，吃苦是应该的，目下且将连累及你也吃起苦来了。我若是有良心的人，我若不是一个利己者，那么我现在第一就要先解除你的痛苦。你对我的爱，并不是真正的由你本心而发的，不过是我的热情的反响。我这里燃烧得愈烈，你那里也痛苦得愈深，因为你一边本不在爱我，一边又不得不聊尽你对人的礼节，勉强地与我来酬应。我觉得这样的过去，我的苦楚倒还有限，你的苦楚，未免太大了。

映霞，这一回我真觉得对你不起，我真累及了你了。

映霞，映霞，我写完了这一封信，眼泪就忍不住地往下掉了。

1927年3日4日

（摘自徐志摩等著《民国最美的情书》，万卷出版公司，2015年）

应该是爱惨了，才有勇气退出一段爱情，哪怕会遍体鳞伤。"我真累及了你了"，因此，郁达夫艰难做出了决定，决定结束他与王映霞的这段不被看好的感情，况且他一直认为这段爱情不过是自己的一厢情愿。太过在意，才会患得患失，才会不够自信。所谓当局者迷，如若不是爱上了，王映霞怎可能从一开始拒绝到最后回应他的热情？她知道他有妻儿，她亦有未婚夫，两人的结合，定会遭致他人的反对与责难。只是，他的痴情、他的才情，早已打动了她的心。

当王映霞收到这封信后，随后便找到了郁达夫，并向他表明了自己的心意。如果一份真正的爱情需要牺牲很多，她愿意与他一起承受。

在王映霞的努力下，她的家人被两人的真挚感情所打动，同意两人的结合。一九二八年一月，郁达夫和王映霞在上海南京路东亚酒楼正式宣布结婚，他三十三岁，她二十二岁。这对"富春江上神仙侣"，终成一段佳话。

不同于王映霞家人对新人的祝福，郁达夫的家人仍旧是反对的。除了郁达夫的二哥郁养吾受邀来到了婚礼现场,其他家人都未出席。即使郁达夫与孙荃的婚姻是被迫的,孙荃亦是无辜的。当远在北京的孙荃听闻丈夫与其他女子结婚,心如死灰。孙荃选择用沉默来成全丈夫,回到富阳老家后,开始吃斋念佛,含辛茹苦地抚育三个孩子。

感情的事是不能勉强的,所以没有绝对的是非对错。

婚后郁达夫与王映霞居住在上海赫德路嘉禾里1442号,过上了隐居般的生活。由于经济有限,家具都是租来的,但这丝毫不影响两人的惬意生活。郁达夫写稿,王映霞便帮忙整理,并学会了烹饪。在郁达夫忙碌之时,她便承担缝纫、洗衣、打扫等家务。两人常常携手并肩出去漫步,生活的点点滴滴都是甜蜜。婚后不久,两人便相继迎来了爱情的结晶,生活堪称完美。

两人于乱世之中谋得安稳的岁月,不过是因为有彼此的陪伴。不久后郁达夫将两人的生活日记整理出版,取名为《日记九种》,向世人宣告了他与她的幸福生活,此书亦迅速畅销。

当生活归于平淡,热恋时的浪漫亦逐渐消散。在经过几年的美满婚姻生活后,郁达夫与王映霞之间开始有了矛盾。长久的共同生活,让双方的弱点暴露在彼此面前,思想分歧亦被时间扩大。郁达夫嗜酒,时常喝得酩酊大醉,他的性格又易冲动,在一次生气后离家出走,回到老家与孙荃同居数日,弄得王映霞很是难堪。且随着时间的推移,王映霞并未被郁家完全接受,还被放在了姨太太的位置,这让王映霞难以接受。

心中一旦产生隔阂,如若没能及时消除,便会越积越深。

一九三二年"一·二八"事变发生，郁达夫整日为国操劳，脾气更为无常，王映霞则选择漠然视之，两颗心越行越远。

考虑到上海的白色恐怖以及消费，在王映霞的提议下，两人迁往杭州。在这个风景如画的地方，郁达夫花费所有积蓄建造了一栋名为"风雨茅庐"的古典大宅，寓意此宅可为两人遮蔽风雨之住所。世外桃源般的生活让两人之间的矛盾有所缓和，生活的暖意再次深入到两人心中。

安宁日子并未持续多久，慕名前来拜访两人的人川流不息，王映霞亦凭借自己的美貌和优雅谈吐，迅速跻身于上流社会，不多时便成为杭州上流社交圈里的有名人物。这座郁达夫愿望中的世外桃源，最终成为社会名流与政界要员交际往来的场所。

对这一切渐生不满的郁达夫不久后便受福建省政府主席陈仪的邀请南下福州任职，两人开始了分居生活。

距离的相隔，是可以淡化彼此的矛盾的。给彼此更多的时空，放松紧绷的神经，恢复理智。在这个时局动荡不安的年代，也许一别，便是永别。战乱扰乱着王映霞的心，丈夫远去，昔日的恩怨似乎早已忘却，唯有一颗为其担忧之心。

文：

沅江及长沙发的两片都于昨日送来，欣慰之至。

你行后我已有两快函寄闽省府托蒋秘书转交。

不知能于你到闽前寄到否？今日天气放晴，忙着洗了一天衣服，警报又来了，传说敌机已到长沙，想来你廿四，至迟廿五总可以离长沙去南昌的，不然又将为你添愁添虑，此时出门真靠不住，所以我总梦想着什么地方都能与你同行来得好些，并非我能防止空袭，与其老远在为你担心，倒不如大家在一起受惊来的痛快，复仇过后心境依然是澄清的，只教你能明白自己的弱点，好好的爱护她，则得着一颗女人的心亦不难也。衡山设委会会计处寄来一张须盖章的收条，我已为你盖章后用挂号信寄去，信一张，便附一阅。愿珍重！

映霞
九、廿十

（摘自鸿儒文轩主编《世界上最优美的亲情美文》，内蒙古文化出版社，2013年）

  如果可以，王映霞是愿意随丈夫远去的。看不见郁达夫的身影，王映霞心中的牵挂与担忧更甚。而曾经两人之间的不愉快，王映霞可以把其当作两人感情的考验，她期待两人可以再次感受爱的温暖。

  当日军登陆杭州湾，为躲避战乱，王映霞带着母亲与孩子辗转到了丽水。在这里，王映霞相识了时任浙江省教育厅厅长的许绍棣。

  在未遇见王映霞之前，许绍棣便对她有所耳闻。如今见着了这位才貌兼并的女子，倾慕之情油然而生。在这期间，许绍棣对王映霞很是照顾，两人走得很近，随之而来的便是两人之间的暧昧之情。

当这些传闻传到远在福州的郁达夫耳中后,郁达夫怒不可遏。猜忌一旦产生,两人之间的感情便再度陷入僵局。

不久后郁达夫受郭沫若邀请到武汉工作,王映霞与之会合。分别后的相见,没有拨动两人的相思之弦,反而由于之前的猜忌,两人的关系愈发恶劣,直至一场感情灾难的爆发。

某天郁达夫外出回家,没有看见妻子的身影,她的一些衣服、首饰亦不见了。郁达夫四处没能找到妻子,反而看到了许绍棣写给王映霞的三封情书。郁达夫即愤怒又难堪,他以为妻子已与许绍棣私奔,气极的他立刻在《大公报》上刊登了这样一则寻人启事:王映霞女士鉴:乱世男女离合,本属寻常,汝与某君之关系,及搬去细软衣饰、现银款项、契据等,都不成问题,惟汝母及小孩等想念甚殷,乞告一地址。郁达夫启。

启事一出,王映霞与他人私奔的消息传得沸沸扬扬。当暂住在朋友家的王映霞看到此则启事,非常愤怒,既怨丈夫不信任自己,又恨丈夫破坏自己的名声。当冷静过后的郁达夫得知自己误会妻子了,心虚的他来到朋友家接妻子回去,被王映霞恶言拒绝。在朋友的调解下,郁达夫再次在报刊上刊登了一则道歉启事,公开申明是自己污蔑了妻子,并表达了对妻子的深深歉意与悔恨,这场闹剧才得以收场。

只是,感情的裂缝已存在,便如破镜不能重圆,感情的危机随时会爆发。当郁达夫携妻儿前往新加坡,却未能在新的地方开启两人的新生活。矛盾依旧,直至郁达夫在报刊上发表《毁家诗纪》而达到顶峰。

《毁家诗纪》毫无保留地暴露了郁达夫的"家丑",详细叙述了妻子与许绍棣的情事以及他对妻子"出轨"的怨恨。王映霞再也不能忍受,发表《一封长信的开始》与《请看事实》予以反驳回击。

曾经那么相爱,最后却互相伤害。然而,爱得太深,才会如此计较,才会被对方的一言一行伤到。只是,当双方缺乏了对彼此的信任与谅解,即使仍旧深爱,感情却极有可能走入死胡同。

两人随后在新加坡离婚。这对昔日爱得热烈的"神仙侣",最终离得纷纷扬扬。

如果可以,不要用恨来结束一段爱情。深爱过,更要各自安好。

第十四章

烟花易冷却永恒——林觉民致陈意映

如果下一秒便是生命之终,你是否还有遗憾?于慷慨赴义的前夕,林觉民的人生是有所遗憾的。他不负天下,为了革命的胜利而牺牲,他是无悔无怨的,却终究是负了那一人。只是,他与她的那份情,他与她的那份爱,虽刹那却成永恒。

意映卿卿如晤:

吾今以此书与汝永别矣!吾作此书时。尚是世中一人;汝看此书时,吾已成为阴间一鬼。吾作此书,泪珠和笔墨齐下,不能竟书而欲搁笔,又恐汝不察吾衷,谓吾忍舍汝而死,谓吾不知汝之不欲吾死也,故遂忍悲为汝言之。

吾至爱汝,即此爱汝一念,使吾勇于就死也。吾自遇汝以来。常愿天下有情人都成眷属;然遍地腥云,满街狼犬,称心快意,几家能彀?司马青衫。吾不能学太上之忘情也。语云:"仁者老吾老以及人之老,幼吾幼以及人之幼。"吾充吾爱汝之心,助天下人爱其所爱,所以敢先汝而死,不顾汝也。汝体吾此心。于啼泣之余,亦以天下人为念,当亦乐牺牲吾身与汝身之福利,为天下人谋永福也。汝其勿悲!汝忆否?四五年前某夕,吾尝语曰:与其使吾先死也。无宁汝先吾而死。汝初闻言而怒;后经吾婉解,虽不谓吾言为是,而亦无辞相答。吾之意,盖谓以汝之弱,必不能禁失吾之悲。吾先死,留苦与汝，吾心不忍，故宁请汝先死，吾担悲也。嗟夫！谁知吾卒先汝而死乎！

吾真真不能忘汝也。回忆后街之屋，入门穿廊。过前后厅。又三四折，有小厅，厅旁一室，为吾与汝双栖之所。初婚三四个月，适冬之望日前后，窗外疏梅筛月影，依稀掩映。吾与汝并肩携手，低低切切，何事不语？何情不诉？及今思之，空余泪痕。又回忆六七年前。吾之逃家复归也，汝泣告我："望今后有远行，必以告妾。妾愿随君行。"吾亦既许汝矣。前十余日回家，即欲乘便以此行之事语汝；及与汝相对，又不能启口。且以汝之有身也。更恐不胜悲，故惟日日呼酒买醉。嗟夫！当时余心之悲，盖不能以寸管形容之。

吾诚愿与汝相守以死。第以今日事势观之，天灾可以死，盗贼可以死，瓜分之日可以死，奸官污吏虐民可以死，吾辈处今日之中国，国中无地无时不可以死，到那时使吾眼睁睁看汝死，或使汝眼睁睁看吾死。吾能之乎？抑汝能之乎？即可不死，而离散不相见，徒使两地眼成穿而骨化石；试问古来几曾见破镜重圆？则较死为尤苦也。将奈之何！今日吾与汝幸双健，天下之人，不当死而死，与不愿离而离者，不可数计；钟情如我辈者，能忍之乎？此吾所以敢率性就死，不顾汝也。

吾今死无余憾，国事成不成，自有同志者在。依新已五岁，转眼成人，汝其善抚之，使之肖我。汝腹中之物，吾疑其女也；女必像汝，吾心甚慰。或又是男。则亦教其以父志为志，则我死后，尚有二意洞在也。甚幸！甚幸！吾家日后当甚贫；贫无所苦，清静过日而已。吾今与汝无言矣！吾屈九泉之下，遥闻汝哭声。当哭相和也。吾平日不信有鬼。今则又望其真有；今人又言心电感应有道，吾亦望其言是实。则吾之死,吾灵尚依依旁汝也。汝不必以无侣悲!

吾平生未尝以吾所志语汝,是吾不是处;然语之又恐汝日日为吾担忧。吾牺牲百死而不辞,而使汝担忧,的的非吾所思。吾爱汝至,所以为汝谋者惟恐未尽。汝幸而偶我,又何不幸而生今日之中国!吾幸而得汝。又何不幸而生今日之中国,卒不忍独善其身!嗟夫!巾短情长,所未尽者尚有万千,汝可以摹拟得之。吾今不能见汝矣!汝不能舍吾,其时时于梦中得我乎!一恸!

意洞手书　辛未三月二十六夜四鼓

家中诸母皆通文,有不解处,望请其指教。当尽吾意为幸。

(摘自郎静本册主编《经典悦读·悲壮篇》,中山大学出版社,2015年)

这一封《与妻书》,字字情,句句泪,是林觉民之绝笔,是他与妻子之情的绝唱,读来使人不禁潸然泪下。他曾许诺了她一生,要陪她至光阴染白了两人的发。如今,为了造福天下,他却不得不放弃她与孩子。他知道她在等他回家,却只能把那份不舍与不忍写在方巾上,代替他向她道出那一句不再有机会说出口的永别。

而他与她的故事,要从林觉民的叔父林孝颖说起。出生于福建福州的林觉民,字意洞,号抖飞,又号天外生。林家不算大户,却是书香门第,林觉民的祖父林彦起为举人,他有一位叔父,名为林孝颖,是晚清名士,以诗词称于时。在林孝颖考中秀才后,家人为他安排了一桩包办婚姻。反抗无效的林孝颖最终接受了这场婚姻,却着实厌恶包办婚姻,也不喜欢妻子,结婚时便没有走进洞房,也未能留下子嗣。林孝颖的兄长林孝凯不忍看到弟弟的感情生活如此凄冷，便把自己的儿子林觉民过继给他，以图给冷清的家带去一丝欢乐。从此，林孝颖成为了林觉民的父亲。

在林觉民八岁时，嗣母去世，他由林孝颖一手抚养长大。天资聪明的林觉民深得父亲林孝颖的喜爱，得到他的悉心栽培。父亲林孝颖希冀林觉民将来仕途顺利，可以成为国家之人才。实际上林觉民却非常反感做官，尤其厌恶拘泥于形式的科举考试。在父亲的坚持下，十三岁的林觉民无奈参加了童生考试，却交了白卷，不过在纸上挥手写下了"少年不望万户侯"七个大字。

得知林觉民这一举动的林孝颖又喜又忧，并佯装生气批评了儿子几句。他知道林觉民从小便有大志向，将来肯定能成就一番大事业，可是，处于风云未定的乱世，林孝颖又担心儿子的行为太过出格而遭致灾难。

三年后林觉民考入全闽大学堂，他的革命理想亦在此生根发芽。全闽大学堂为戊戌维新的产物，为一所新式学堂。学生所学为西方先进科学文化知识，而西方的"民主""自由"等思想观念亦在学生中传播。

就读于这样一所全面接纳西方教育体制的大学堂，更激发了林觉民对"自由平等"世界的向往。在这期间，林觉民大量阅读了当时的革命进步书籍，逐渐坚定了那颗用革命推翻清廷腐朽统治的心。林觉民自号为"抖飞"，表明自己的凌云壮志。

时常与同学们评论时政的林觉民发出了"中国非革命无以自强"的时代最强音，并积极组织参加了革命活动。林觉民参与革命团体"共和山堂"的活动，与黄光弼等人发起组织学生联合会，领导多次学潮，校长曾对其父林孝颖道："是儿不凡，曷少宽假，以养其刚大浩然之气。"

因不满官立学堂的腐败，林觉民与几个学友在城北创办了一所私立小学，教授进步知识，又在城南创设阅报所，陈列革命书刊，供人阅览。一天晚上，林觉民在城内锦巷七星君庙为爱国社作题为《挽救垂危之中国》的演说，慷慨激昂的他当讲到国家正面临亡国灭种时，不禁捶胸顿足，痛哭流涕。当场有人慨叹："亡大清者，必此辈也！"

当林觉民十八岁时，父亲林孝颖为他包办了一门亲事。林觉民的革命道路让其父深为之忧，或许为了让林觉民有所牵绊，从而收敛激烈言行，曾经那般抗拒包办婚姻的林孝颖，如今却无奈做出如此决定。

林觉民的未婚妻名为陈意映，出身于名门大族，与帝师陈宝琛以及曾任清政府刑部尚书的陈若霖为同族。父亲陈元凯为举人，陈意映自小便知书达理，且喜诗书好吟咏，并著有《红楼梦》人物诗一卷。

十七岁的陈意映嫁给了十八岁的林觉民。第一次相见，彼此却有种相见恨晚的感触。两人精神的高度契合，让两人"先结婚后恋爱"，且夫妻间的感情迅速加深。

婚后两人过着恩爱的小日子，住在福州市市区杨桥巷十七号，所居住的二层雅致小楼被称为"双栖楼"，之后陈意映写给林觉民的信笺，落款常署"双栖楼主"。在这栋小楼里，她倾听他的壮志与抱负，钦佩丈夫的爱国情怀；他陪她吟诗作赋，赞赏妻子的深明大义。浓情蜜意，锦瑟和鸣。

在新婚佳日，林觉民也不忘参加革命运动。陈意映受其影响，带动亲友放缠小脚，并积极协助丈夫的活动。除此之外，陈意映亦劝服姑嫂，与她一起进入福州女子师范学堂学习，吸收西方进步思想，为自身解放做斗争。

当林觉民从全闽大学堂毕业后，为了革命理想的早日实现，毅然辞别家人，自费前往日本留学。林觉民刻苦学习，先学日语，此后又兼修英语和法语，不多时便成为留日学生中的佼佼者。

远离故国家人，林觉民心中时刻惦记着妻子，只有在暑假时才有时间回国。看不见妻子的容颜，听不到妻子的柔声，林觉民回想起两人昔日的美好回忆，用笔记录了下来。在一篇记录两人共同生活的文章《原爱》中，林觉民动情写道："吾妻天真浪漫真女子也。"

林觉民亦时常参加留日学生的聚会，与他们一起畅谈国是，商讨救国之法。当其他学生表现出对国内革命形势的不自信以及对国家濒临灭亡的绝望时，林觉民便激昂演说，给众人以鼓舞。

不多时，林觉民便在朋友的引荐下在日本加入了同盟会，并积极参与革命活动。一九一〇年十月，同盟会领导决定在广州举行大规模起义。经商议后，留日福建学生决定由林文赴港参与，林觉民回福建准备响应。次年春天，林觉民回国。

只有暑假才会回国的林觉民此时突然回来，家人自是非常高兴，却不无疑惑。为了让年老的父亲安心，林觉民便借口樱花节学校放假。而他的真实目的，林觉民没有瞒着妻子，因为他知道，就算他不说，妻子也猜得到。

林觉民所选择的道路，陈意映不是不知道有多么危险，尽管时刻为丈夫忧心，陈意映却全力支持丈夫为国为民的大志。当丈夫多次深夜逃亡负伤回来,陈意映心疼不已,泪眼婆娑乞求道:"望今后有远行,必以告妾。妾愿随君行。"她想要与丈夫同甘共苦,为他分忧。

能够娶到如此通情达理之女子,林觉民倍感幸运。妻子对他的缱绻深情、不舍别离,林觉民是懂得的。他又何尝不想与妻子双宿双栖、安稳度日呢?只是,国家处于危亡之际,他不能只沉溺于个人的儿女情长中。

对于林觉民来说,既然选择了革命道路,生命便可能随时终结。太爱对方,才会不愿对方受到一丝一毫的伤害。如果可以,林觉民甚至希望妻子先他而去,这样的话,妻子便不用感受他先死的痛楚,所有的悲痛,由他一个人来承担。只是,在最后,林觉民终究是未能如愿独自承担伤痛。

当革命人士黄兴见到回国的林文与林觉民两人后,兴奋道:"意洞来,天赞我也!运筹帷幄,何可一日无君。"于是决定取消在福州响应的计划,集中力量从事广州起义。

起义即将开始,这时要将福州的一批炸药运送至香港,为了不被敌人发现,林觉民建议将炸药装在棺木中,并让一妇人假装寡妇运送。陈意映愿意假扮寡妇掩护,却因已怀有八个月身孕行动不便而未果。

相见时难别也难,要有多大的勇气,才敢送别丈夫,看着他的身影逐渐消失在自己的眼眸。然而让陈意映没有想到的是,这一别,竟成永诀。

当两日后林觉民到达香港,起义人员亦陆续到齐,林觉民负责护送同盟会成员前去广州。当黄兴从香港到达广州并准备发动起义时，集团内出现了内奸，并将起义的消息透露给了清政府，清政府立刻增兵广州，大肆搜捕革命人士。

尚在香港的林觉民知道此变故后，便料到此行凶多吉少。待同行友人睡下，林觉民未能眠，便起身在两方手帕上写了两封诀别书，即《禀父书》与《与妻书》。天亮后，林觉民将两封绝笔交付给友人，并嘱托："我死，幸为转达。"

随后林觉民与众多革命党人一同潜入广州，四月二十七日下午五点半，起义爆发。在黄兴带领下，包括林觉民在内的百余名革命人士进攻广州总督署。当他们攻入总督府内，却发现署内空无一人。在撤离途中，与清军在街巷展开激战。奋勇杀敌的林觉民不幸腹部中枪，几番反抗，遍体鳞伤的林觉民最终被清军生擒。

即使身处监狱，林觉民始终不卑不亢，他的一身正气让清政府高级官员又敬又惧，最后下了斩杀令。滴水未进的他在几日后被押上刑场，从容就义。之后林觉民与另外七十一名牺牲者的遗骨被一起葬于黄花岗，这便是后人所敬佩的"黄花岗七十二烈士"。

为了避免满门抄斩，在林觉民被杀后，得知消息后的陈意映的父亲立刻通知了女儿逃亡。陈意映携带一家老小逃到了一栋偏僻的小屋。

此时的陈意映，并不知道丈夫已经去世，即使知道丈夫可能遇害，却仍旧默默期盼着丈夫的逃脱。然而，陈意映没有等到丈夫回来，却等到了丈夫的两封遗书。

"吾今以此书与汝永别矣……"在读完丈夫写给自己的遗书后，陈意映再也承受不住悲痛，昏死了过去。

她还清楚记得他许给她一生的诺言，他却食言了；她还清晰记得他给的爱的温度，如今却只剩下她孤独一人。陈意映是恨丈夫的，恨丈夫在国与家之间选择了国，恨他竟然忍心把所有的伤痛都留给自己，恨他竟然未能亲口对她道别……恨到极致，其实不过是爱到了极致。她不会原谅他，却能理解他，理解他的为国舍爱，理解他的不舍与无奈。终究，她还是选择了原谅，因为他的不得不舍与舍弃，全都是真情的坚守。

她知道她活下去是他的最后心愿，那么她便应允他。只是，泪水浸泡了她余下的时光。在生下第二个儿子的两年后，她终究还是奔赴黄泉赴了丈夫的永恒之约。

第二卷

得家中夜深坐，还应说着远行人

> 亲情，是一个人最难割舍的感情之一。无论于何时何地，亲情都是人类永恒的主题。如果说离别是美丽的忧伤，那也是因为相隔两地却彼此牵挂的心。伏案写就一封封信件，一字、一词、一句，是情，是爱，是不舍；字里行间的，是不能亲口道出的叮咛，是没有说出口的感动。虽隔千山万水，即便身处硝烟弥漫的民国，此情足够温暖人心。

第一章

家书抵万金——胡适致母亲

他是一生都在追求独立与自由的学者,他以倡导"白话文",领导新文化运动著闻于世,他的一生共获得了三十五个博士学位。他,便是胡适。胡适的一生,是辉煌的一生,是不平凡的一生。当他回顾自己的别样人生时,不过一句:"我有一个很好很好的母亲,我的一切都是她所赐予的。"

第六号

吾母大人膝下:

前寄第五号书及放大之照片,想已收到。今又寄呈放大影片一帧,如大人欲多得数张,即当寄呈。儿之照片,因近来未得佳者,佳者价恒甚昂,故一时尚未能寄家。总之,一二月内,必摄一张寄来也。儿在此甚平安,秋间即可毕业,惟仍须留此一年,可得硕士学位。然后迁至他校(尚未定何校)再留二年,可得博士学位。归期当在丙辰之秋耳。

家用一事,已在沪设法,不知已寄有款至家否?甚念。收到有款,乞吾母即以书告知。此处每月有二十元(英洋),今年夏间,儿当多作文,可或多得钱,亦未可知耳。

此间方交春景,百卉都放,大可怡悦心神,惟对此佳景,益念吾故乡不已。古人云："虽信美而非吾士兮"，真得吾心云。

二哥在丹阳县作科长，月薪虽微，尚可勉强敷衍。惟二哥家累太重，亦是不了之计耳。

儿近来百无所苦，但苦太忙。家书之不常寄，亦以此故也。匆匆，即祝

吾母康健　适儿百拜五月十一日

（摘自胡适著《胡适家书》，安徽人民出版社，2010年）

赴美留学的胡适，没想到与母亲一别竟十一年，唯有依靠书信来寄托彼此的思念。父亲在他未满三岁时就去世了，母亲独自抚养他长大。远在国外，胡适知道母亲对自己的挂念，便寄去自己的照片，以慰母亲之牵挂。他给母亲寄去自己的稿费，希望母亲不要太过操劳。他是一位"再造明文"的旷世奇才，他所取得的巨大成就，离不开他那极为普通的母亲。

胡适出生于一个大家庭，原名嗣穈，学名洪骍，字希疆。他的父亲胡传为清末贡生，曾在广东、台湾等多处任职地方官佐。在民族危亡的感召下，作为传统知识分子的胡传，曾协助清军抗击太平军，且投效东北边荒，诠释了一份以天下为己任的爱国情操。

父亲胡传有过三次婚姻，前两任妻子先后死于战乱和疾病，为其育有三子三女。胡适的母亲冯顺弟为父亲的续弦。出身农家的冯顺弟，不会识文断字，却是一位懂得忍耐且有原则的女子。十六岁的冯顺弟为了家人自愿嫁给比她年长三十来岁的胡传。幸

运的是，年龄乃至地位的差距，并未成为这一对老夫少妻幸福生活的障碍。

婚后第三年，冯顺弟有了丈夫的骨肉，只是，不久后胡传便被调往台湾，此时的小儿子胡适才两个月大。此次胡传前去台湾并未带家眷，直到小儿子两岁多，冯顺弟才带着孩子与其相聚于台湾。在此地，一家三口度过了短暂的温馨时光。

在这段难得的共同时光里，胡传不但教妻子识字，还教不满三岁的小儿子识字。胡传在方块红笺上写下楷字，一个一个教妻子读写，并教小儿子识字。而在胡传忙于公务时，母亲冯顺弟便担当了小儿子的识字老师。一年多的日子，冯顺弟识得近千字，小儿子则识得七百余字。

红纸方字，载着一家三口其乐融融的美好回忆，见证了一家人的相亲相爱，以致在之后的漫长岁月中，冯顺弟一直把它当作神圣之物而保存着。

中日甲午战争的爆发，使得胡传整日操劳于政事。无暇顾及妻儿的胡传，把妻儿送回了老家。只是，在母子二人回到老家绩溪不多久，便听闻胡传病死于厦门的噩耗。

此时的冯顺弟不过二十三岁，儿子亦不满四岁，丈夫的突然去世给她的打击太重了。悲痛过后，冯顺弟选择了坚强活下去，她还有他俩的孩子需要抚养。

失去丈夫的冯顺弟，名义上是胡家的家母，实际处境却异常艰难。胡传的大儿子比冯顺弟大两岁，其他儿女亦几乎与她同龄。与冯顺弟年龄相当的两个儿媳并不尊重她，经常指桑骂槐嘲讽她。

为了家的安宁，只要不触犯冯顺弟的底线，她便选择忍气吞声，继而原谅她们。

母亲的隐忍以及大度让这个失去顶梁柱的大家庭不至于鸡犬不宁，乃至分崩离析。而对于从小便失去父亲的胡适来说，母亲给他树立了为人处世的榜样。且在母亲的悉心照料下，胡适得以健康快乐成长。

冯顺弟始终记得丈夫的临终遗嘱："穈儿天资颇聪明，应该令他读书。"四岁的胡适被母亲送去了私塾学堂学习。胡适的教材为父亲亲自编写的两部书，一部是教人做人的四言韵文《学为人诗》，一部则是略述哲理的《原学》。

天资聪颖的胡适深得教书先生的喜爱，因此给胡适讲课的模式也不同于其他学生。先生会耐心解释每个词、每句话给胡适听，在理解的基础上学习，让胡适从小便对学习充满了兴趣。充分吸收知识的胡适又给其他同学讲解，学习成为了胡适的乐趣。

成为大学者的胡适曾回忆这段出入学堂的时光，发出"我一生最得力的是讲书"这样的慨叹。他也知道了这一切的收获，得益于母亲的用心良苦。原来教书先生特别关照他的原因，并非他的聪慧，而是母亲每年多给了教书先生学费。其他学生每年的学费不过两块银圆，母亲却送了六块，到后来，竟达十二块。这对于当时本就生活困苦的家庭而言，这可是一笔不少的开支。只要胡适能多学些知识，母亲却是欣慰的。胡适没有让母亲失望，他的成绩一直很优秀。当胡适九岁时，他便开始看《水浒传》等经典文学。

母亲对自己很是苛刻，对他人却宽容以待，因此逐渐获得了他人的敬重。母亲希望儿子可以成为一个如丈夫般顶天立地的男子，"你总要踏上你老子的脚步。我一生只晓得这一个完全的人，你要学他，不要跌他的股。"跌股便是丢脸抑或出丑的意思。除了严抓胡适的学习，母亲亦注重对儿子人格的培养。

母亲有一套自己的管教孩子的方法。当胡适犯错后，母亲从来不会当着他人的面打骂儿子。如果是小错，母亲便会在第二天早上，待胡适睡醒后，教诲他，让他知道自己错在哪里，该怎样改正；若是犯了大错，母亲便会把儿子带到一间房子，或捏或罚跪，直到胡适保证不再犯同样的错误。在受罚的整个过程中，即使是重罚，胡适也是不被允许哭出声来的。

母亲以言行身教的方式教胡适自尊与自爱，在这种严格的教育中，更多的却是母亲的慈爱。有次胡适因犯错被母亲罚跪，流泪的胡适不断用手背擦眼睛，眼睛不小心感染了细菌，并患了一年多的眼疾。既心疼又心急的母亲听说了一个医治眼疾的土方，即用舌头添可以治好眼疾。在夜里，母亲便叫醒胡适，用舌头舔他的病眼。无言的母亲，让人动容。

结束了九年私塾教育的胡适被母亲毅然送去了上海学习，十三岁的胡适，自此开始了他的在外求学生涯。母亲是极为不舍儿子的，可是，为了儿子的前程，不得不舍。送别时，母亲竟是笑容满面的，没有表现出自己的不舍。母亲这样做，不过是为了让自己安心离开。然而在转身的瞬间，泪珠还是忍不住掉落了下来。

当母亲去世后，胡适用尽余生来怀念母亲。每当回忆起母亲对自己的严厉与慈爱，胡适感激满怀："我在我母亲的教训之下住了九年。受了她的极大极深的影响，我十二岁零两三个月就离开她了，在这广漠的人海里独自混了二十多年，没有一个人管束过我。如果我学得了一丝一毫的好脾气！如果我学得了一点点待人接物的和气，如果我能宽恕人、体谅人，我都得感谢我的慈母。"母亲用自己的言行，教会了胡适如何做人。

在上海的六年求学期间，胡适先后在梅溪学堂、澄衷学堂、中国公学、中国新公学四个学校就读。天资聪敏又勤奋好学的胡适，再加上从小在古文与白话文两方面打下的良好基础，胡适的学习成绩是极为优异的。在中国新公学读书期间，胡适还被《竞业旬报》授聘为编辑，且发表了数十篇白话文小说。

身处国家危亡之际，有志之士无不奋起。当严复翻译了赫胥黎的《天演论》后，"物竞天择，适者生存"的进化论思想成为一股激流，启发了国人的思想。胡适迅速接受了进化观念，并以"物竞天择，适者生存"的"适"字作为自己的名字，以"适之"为字，从此改名为"胡适"，表明自己要做一个与时俱进的人。

母亲只生有胡适这一个孩子，因此极为珍视他。在十四岁的胡适即将去往上海学习前，母亲希望他可以早日结婚生子，便为他包办了一门亲事。对方是一位叫作江冬秀的女子。江家是旌德县的名门望族，父亲江世贤却不幸早逝。江家重男轻女思想浓厚，江冬秀不被重视，识字不多，又自小缠足，完全是一个旧式乡村女子。

江冬秀的母亲偶然见过胡适,很中意他,便想将女儿许配给他。在江母与胡母沟通后,未征得胡适的同意,两家老太太便订下了胡适与江冬秀的婚姻。

在自由恋爱逐渐成为一种风尚的民国,接受了新思想的胡适,是反感包办婚姻的。在上海求学期间,母亲写信多次催胡适回家结婚。胡适本就不喜欢包办婚姻,且他的心思全部放在学业上,便拒绝了母亲,并回信向母亲详细诉说自己暂时不想结婚的理由。

大人须念儿言句句可以对越上帝,儿断不敢欺吾母。儿今年尤知二哥苦衷,望大人深信儿言,并以此意语二嫂知之。四则,男此次辞婚,并非故意忤逆,实在男断不敢不娶妻,以慰大人之期望。即儿将来得有机会可以出洋,亦断不敢背吾母私出外洋,不来归娶。儿近方以伦理助人,安敢忤逆如是?大人尽可放心也。儿书至此,儿欲哭矣。嗟乎吾母,儿此举正为吾家计,正为二哥计,亦正为吾一身计,不得不如此耳。(若此事必行,则吾家四分五裂矣,大人不可不知也)。若大人因儿此举而伤心致疾,或积忧成病,则儿万死不足以蔽其辜矣。大人须知儿万不敢忘吾母也。

(摘自杜春和著《胡适家书》,安徽史学期刊,1989年)

只要是母亲的期许,胡适定然会办到。为了让母亲宽心,胡适在信中许下了定然迎娶未婚妻的诺言,不过想等事业有所成再成家。即使他不喜欢这桩婚姻,因为孝顺,胡适便不会忤逆母亲,即使以后他留学归来,他亦会听从母亲的安排。

十九岁的胡适如愿考取了"庚子赔款"第二期官费生赴美国留学。因行期由政府决定，胡适来不及与母亲告别，最终把辫子剪下托人带给母亲。身体发肤受之父母，即将远游的胡适，不能陪伴在母亲左右，只能把自己的辫子留在母亲身边。只是，胡适没想到的是，再次与母亲相见，时间已过去十一年。

赴美后的胡适先入康奈尔大学农学院学习，后转入文学院学哲学。之后胡适考入哥伦比亚大学研究院，师从哲学家杜威，接受了恩师的实用主义哲学，并成为这一学派的继承发扬者。在胡适攻读博士期间，于新文化运动阵地《新青年》杂志上发表了《文学改良刍议》一文，胡适亦成为了倡导文学革命的先驱。

儒雅博学的胡适，在这个自由的国度，邂逅了一位佳人韦莲司。两人相识于学术上的互相研讨，从陌生人到知己，因着相互欣赏，时间不过须臾。人生难得一知己，思想相通的两人，越走越近，从学术到人生，无话不谈。

与韦莲司的交往，胡适并未隐瞒母亲，而是悉数告知母亲两人的友好往来。而面对韦莲司的倾慕，胡适则告诉了她自己已有未婚妻，且为了报答慈母的深恩，他决不会背弃婚约。韦莲司表示理解胡适。

不是不动心，不是不感动，可胡适终究是不想亦不忍让母亲失望。当家人乃至旁人得知胡适在美国有一位交好的女性朋友后，纷纷猜测胡适在美国已结婚，是不会答应与江冬秀的婚事了，或许留恋外国而不会再回国了。流言纷扬，母亲慌了，频频写信询问儿子的归期以及谣言是否属实。

此次家书谆谆以归期为念,此事已于前号(第十三号即第十二号)书中言之,可以覆按也。

儿亦不自知何时可以得归。总之儿之所以不归者,第一只为学业起见;其次即为学位。学业已成,学位已得,方可归来。儿决不为儿女婚姻之细,而误我学问之大,亦不为此邦友朋之乐,起居之适,而忘祖国与故乡。此二语可告吾母,亦可以告冬秀,亦可以告江氏岳母。儿远在三万里外,亦无法证此言之无虚。吾母之信儿,儿所深知。若他人不信儿言,儿亦无可如何,只好听其自然而已。至于外间谣传,儿已另行娶妻壹说,此种无稽之谈,本不足辩,惟既有人信之,自不容不斥其妄。

(摘自胡适著《胡适家书》,安徽人民出版社,2010年)

不被母亲相信,胡适却只感到心疼,心疼远在故国的母亲对自己的操心。面对韦莲司的一片深情,即使胡适动摇了最初对知己的拒绝,在接到母亲的信件后,胡适也恢复了理智。他对江冬秀没有爱情,却有感激。这么多年,他不能陪伴在母亲身边,江冬秀在农闲时经常会到他家,代他陪伴母亲,为母亲做家务或农活。况且江冬秀等了自己数年,如若自己悔婚,将会给多人带去伤害,这不是胡适想要的。

即使最后韦莲司爱了他一辈子,等了他一辈子,为他终身不嫁,直至他生命的结束,两人始终没能在一起。

武昌起义爆发后,战火烧毁了胡家在汉口的茶叶店,闻讯的母亲气急攻心,病情加剧,生命垂危。母亲请人给自己照了一张相，嘱咐家人："吾病若不起，慎勿告吾儿，当仍请人按月作家书，如吾在时。俟吾儿学成归国，乃以此影与之。吾儿见此影，如见我矣。"为了不耽误儿子的学业，母亲宁愿瞒着儿子。这该是怎样的一种深情，使得母亲有勇气舍得不见儿子最后一面？幸运的是母亲最终脱离了生命危险。

在听闻亲戚家有一套书《图书集成》低价出售时，母亲竟借钱为儿子买了下来，只因为她曾听儿子说过非常想要这一套书，不过因经济拮据而不能如愿。然而，母亲舍得为儿子花钱买书，却是依靠抵押自己的首饰而过年。母亲从来都是一个宁愿委屈自己，也要宽厚待人的人。为了医治弟弟不幸感染的血吸虫病，不得其法的母亲听闻了一个偏方，忍痛割下自己手臂的一块肉，下药给弟弟吃。只是，母亲的愚昧却至诚的方法最终未能挽救弟弟的性命。

当不在母亲身边的胡适听闻这些事，是愧疚亦或心酸？胡适唯有更加勤奋学习来报答母亲。

胡适没有让母亲失望。一九一七年一月，胡适被北京大学聘为教授。七月从美国学成归国。久别重逢，十一年光阴，四目相对，胡适与母亲紧紧拥抱在一起。儿子成为了母亲的骄傲，母亲则一直是儿子的榜样。

如今的胡适一身光芒，声名远扬，江冬秀却只是一个普通得不能再普通的女子。于此年的十二月三十日，二十七岁的胡适毅然决定与二十八岁的江冬秀在老家完婚。一个新文化运动的倡导者，却娶了一个乡村小脚女子，最大的原因，不过是为了满足母亲的心愿，讨母亲欢心。

婚后不久,胡适便独自前往北京工作。然而,子欲养而亲不待,次年冬天,母亲便因病逝世。闻此噩耗的胡适悲恸欲绝,"生未能养,病未能侍,毕世勤劳未能丝毫分任,生死永诀乃亦未能一面。平生惨痛,何以如此!""母亲"一词,成为了胡适心中永不可磨灭的伤痛。

此时的江冬秀已怀有身孕,可是一心想要抱孙子的母亲却等不到了。当胡适的儿子出世后,他为儿子取名"祖望",即祖母望孙之意,以此来纪念母亲。在悠长的岁月中,母亲活在了胡适的回忆中,直至他生命的结束。

第二章

感恩母亲——鲁迅致母亲

他是中国现代史上伟大的文化旗手,被誉为中国民族之魂;他有三兄弟,三人均在中国现代史上留下了不同的印记,被史学家称为"周家三杰";他本名为周树人,却以笔名"鲁迅"而闻名于世。而他的"鲁"姓,则取自母亲鲁瑞的姓氏,只因为感恩母亲那平凡却伟大的爱。

母亲大人膝下敬禀者,来信已收到。给老三的信,亦于前日收到,当即转寄了。长连所要的照相,因要寄紫佩书籍,便附在里面,托其转交大人,想不久即可收到矣。

张恨水的小说,定价虽贵,但托熟人去买,可打对折,其实是不贵的。即如此次所寄五种,一看好像要二十元,实则连邮费不过十元而已。何小姐已到上海来,曾当面谢其送母亲东西,但那照相,却因光线不好,所以没有照好,男是原想向她讨一张的,现在竟讨不到。

上海久旱,昨夜下了一场大雨,但于秋收恐怕没什么益处了。合寓都平安如常,请勿念。

海婴也好的,他要他母亲写了一张信,今附上。他是喜欢夏天的孩子,今年如此之热,别的孩子大抵瘦落,或者生疮了,他却一点也没有什么。天气一冷,却容易伤风。现在每天很忙,专门吵闹,以及管闲事。

专此布达，恭请金安。

男树叩上　广平及海婴随叩　九月十六日

（摘自鲁迅著《鲁迅全集编年版第 8 卷 1934》，人民文学出版社，1934 年）

母亲鲁瑞喜爱看小说，鲁迅便四处搜集购买母亲爱看的小说，或亲自或托人带给母亲。鲁迅的一份孝心，体现在平常生活的点滴中。鲁迅一生写给母亲共百余封信，每封信篇幅几乎都不长，内容大多是告知母亲自己最近的简况，却于细碎小事中，寄托了自己的赤子之情。

出生于浙江绍兴一个官僚地主家庭的鲁迅，家境小康。祖父周介孚为进士，任职内阁中书。父亲周伯宜为秀才，多次参考乡试未中而闲居在家。不论是祖父还是父亲，都很重视子女的教育。鲁迅七岁时进入私塾学习，在家人以及教书先生的严格培养下，鲁迅从小便勤奋好学，也为以后的从事写作打下了国学基础。

而在鲁迅及弟弟们的成长过程中，母亲鲁瑞起到了更为重要的作用。母亲鲁瑞出生在浙江一个山清水秀的村庄，她的父亲鲁晴轩从事过盐务，后来中了举人，任职京城户部主事。当时鲁迅的祖父周福清也在京城做官，因为同乡与同僚的关系，鲁晴轩决定与周家结为亲家，把三女鲁瑞许配给周福清的儿子周伯宜。

母亲鲁瑞虽出身于官家，性格却极为和善。在"女子无才便是德"的旧观念下，鲁瑞未能上学。但自小好学的她做了弟弟课上的旁听者，且将近一年，后被父亲发现而禁止。之后鲁瑞自学，遇到不认识的字便向他人请教，渐渐地能够阅读《水浒传》《封神榜》等小说，并讲给家人听。

清光绪六年，二十三岁的鲁瑞嫁给了二十岁的周伯宜。虽是大户人家女子，鲁瑞却毫无娇气，在周家这个大家庭中，乐观能干的她尊老爱幼，深受周家老少的欢迎。才嫁到周家，鲁瑞便承担了繁重的家务，同时鼓励丈夫的秀才应考。第二年，丈夫周伯宜考取了秀才。

婚后一年，鲁瑞便生下了周家的长子，即鲁迅。之后陆续生下了儿子周作人与周建人，以及唯一的女儿端姑。只是，未满周岁的女儿不幸病故，鲁瑞因此伤心了很久。一年后，四儿子椿寿出生。周家似乎得到了老天的眷顾，人丁兴旺的周家一派和睦。

作为长子的鲁迅，备受母亲鲁瑞的喜爱。每年夏天母亲会带着鲁迅回娘家小住，优美的乡村风光，让少年鲁迅感受了大自然所赋予人类的快乐。而农民的辛勤却艰苦的劳作，亦带给了鲁迅幼小心灵的震撼。

然而，周家的好运并未持续太久。鲁迅的祖父因"科场舞弊案"入狱，被判"监斩候"。祸不单行，父亲周伯宜承受不了父亲身陷监狱的打击，整日借酒消愁，不久后便生了重病。为了挽救祖父，家中的田产全被变卖，父亲治病又需要大量钱财，周家从小康之家沦为困顿之家。

公公下狱，丈夫一病不起，坚强的鲁瑞迅速从悲痛中走出来，承担了养家糊口的重任。此时的鲁迅不过才十三岁，却毅然担负起了作为长子的责任，与母亲一同支撑着这个日渐衰败的家。

祖父狱中需要钱打点，父亲周伯宜所需的诊金很高，在卖完田地后，母亲鲁瑞便拿出衣服以及首饰，让鲁迅去当铺典当。家道中落的周家受到同族长辈的轻视乃至欺凌，何况外人？鲁迅几乎每天都要出入当铺和药店，遭受着他人的侮蔑，他却从来不会向母亲抱怨。"我娘是受过苦的，自己应当担负起一切做儿子的责任。"抚养一家老小，母亲所承担的压力与艰辛，鲁迅是看在眼里的。他体谅母亲，愿意为母亲分忧，即使遭受委屈。

只是，母亲又何尝不知道世态的炎凉？"他最能体谅我的难处，特别是进当铺典当东西，要遭到多少势利人的白眼，甚至奚落；可他为了减少我的忧愁和痛苦，从来不在我面前吐露他难堪的遭遇，从来不吐半句怨言。"当母亲回忆起这段难熬的日子，长子的孝顺再次温暖了她那颗饱经沧桑的心。

尽管母亲悉心照料着父亲，不惜一切代价给父亲治疗，父亲却还是没能挺过去。被病痛折磨三年多的周伯宜，终究是去了。

年少的鲁迅过早品尝了人心的薄凉，这对他性格中尖锐一面的形成起到了决定性的影响。同时，母亲的乐观与柔情让他感受到了爱的温暖。善良的母亲擅长针线活，却不单为家人做鞋缝袜，也给家里的佣工做。不但如此，母亲还亲自教佣工认字，教他们看书。"我的母亲是很爱我的。"这份伟大的母爱，支撑着年少的鲁迅与母亲相依为命，度过那段艰难的岁月。

此时，甲午中日战争爆发，中国惨败。家的败落，国的危难，激发了鲁迅弃旧图新的奋起之情，日益蓬勃的维新思想亦吸引了他。十八岁的鲁迅决定远走求学，"走异路，逃异地，寻找别样的人们"。鲁迅准备前去江南水师学堂读书的行为遭到了周围人的蔑视。基于"天朝大国"的盲目自信以及被西方欺压的欺辱，此时的大多数人们是排外的。在他们看来，学洋务是将灵魂卖给洋鬼子。

虽没上过学，母亲鲁瑞却是一位思想开明的女子，且她看到了公公与丈夫所走为官旧路的弊端，因此她全力支持儿子前去学习新知识、新技能。母亲变卖自己的首饰换来八元盘缠，送走了长子。

就读于江南水师学堂的鲁迅不满学校的腐败，不到一年便转入到江南陆师学堂附设的矿路学堂。在南京求学期间，戊戌变法爆发，鲁迅接触了更多的维新思想，对西方资产阶级民主主义思想以及近代自然科学知识有了进一步的了解和学习。百日维新的失败，以及之后八国联军的侵华，屈辱的《辛丑条约》的签订，民族危机与国内阶级矛盾的加剧，激发了鲁迅的热血，促使他积极探索救国救民之法。

要救国，必须要革新；要革新，便要向强国学习。当时众多知识分子看到了日本向西方学习而获得崛起，因此纷纷前往日本留学，鲁迅亦决定去往日本留学。

尽管不舍，母亲却还是支持长子的这一决定。一九〇二年四月，鲁迅以一等第三名的优异成绩从南京毕业，并被江南督练公所派赴日本留学，在东京弘文学院江南班学习日语。除了学习日语，鲁迅积极参加革命活动，"就赴会馆，跑书店，往集会，听讲演"，探索救国之道。

对于鲁迅走上革命之路，母亲是赞同的，并用自己的言行支持长子。为了表明与腐败清王朝的决裂，鲁迅到日本不久后便剪了辫子。而在清末天足运动兴起时，母亲鲁瑞也放了足。当鲁迅写信给母亲让她放足剪发，母亲告诉长子自己早已放足，在后来亦剪了发。

然而，鲁瑞的放足却引起了当时卫道士的攻击。本家有一个绰号叫"金鱼"的顽固长辈，见鲁瑞放弃裹脚，便四处宣扬"某人放了大脚，要去嫁鬼子了"。听闻此话的鲁瑞并未感到羞愧，反而只是冷冷道："可不是嘛，那倒真是很难说的呀。"母亲的这种不畏人言的可贵精神，对鲁迅坚毅性格的形成产生了重大的影响。

只是，尽管母亲是开明的，却仍旧摆脱不了传统婚俗观念的束缚。当年少的鲁迅与少女琴姑情投意合时，母亲却因为迷信反对两人的结合，最终间接导致了琴姑的悲剧结局。十分关心儿子婚事的母亲，当听闻鲁迅已在日本结婚并有了孩子的传言后，便不顾鲁迅的反对，强行为鲁迅包办了一桩婚事，女方为大鲁迅三岁的缠足旧式女子朱安。

鲁迅自然不满这门亲事，却在一九〇六年夏天被"母亲病危"的谎言骗回了家。当鲁迅急忙从日本赶回家，却看到家中张灯结彩，一派喜庆，才明白自己被骗了。为了不让母亲伤心，鲁迅最终选择了妥协，与朱安成亲。只是，洞房花烛夜，鲁迅却只在新房中坐了一夜，第二天便搬到了书房住，当年秋天便以学业未完为由回了日本。

在鲁迅回到日本后，友人祝贺他的新婚，鲁迅明白告诉友人，把朱安迎进周家，是"母亲娶媳妇"，朱安是"母亲给我的一件礼物，我只能好好的供养她，爱情是我所不知道的"。为了让母亲安心，鲁迅可以牺牲自己的婚姻，只是，他能做的也仅仅是答应娶朱安。

回到日本的鲁迅以更大的激情参加了各种革命活动，并加入了光复会。当鲁迅被委派回国刺杀清朝官员时，他毫不犹豫答应了。既然选择了革命的道路，便无畏牺牲。只是，在他临行前，鲁迅产生了片刻的犹豫。作为革命人士，如能为革命而献出生命，是无上光荣的。鲁迅并非怕死，而是想到了家中的母亲。让母亲白发人送黑发人，是鲁迅极为不忍心的。领导谅解鲁迅的苦衷，没有让他执行任务。

震惊于国人的麻木精神世界，鲁迅觉醒医治身体挽救不了国人，于是选择了退学从文。他要用一支笔，于纸上划出呐喊，唤醒国人的麻木。

一九〇九年八月，鲁迅从日本回国，先后应邀到浙江两级师范学堂和绍兴府中学堂执教，之后应蔡元培之邀任职于教育部。回国后，鲁迅走上了提倡新文学改造国民性之路。一九一九年，三十八岁的鲁迅在《新青年》发表了中国现代第一篇白话小说《狂人日记》，猛烈抨击"吃人"的封建礼教。从此，鲁迅在文学道路上一发不可收拾。

《狂人日记》的发表，鲁迅第一次用了"鲁迅"这个笔名，并被记入史册。而这个笔名，取母亲鲁瑞的姓氏，表达了鲁迅对母亲的敬爱。

其实，鲁迅是不喜为官的，只是，家人尤其是母亲很在意。为了尽孝养家，鲁迅不得不做了整整十四年的官员。

当鲁迅买了八道湾的住宅，在自己亲手设计整修后，回到老家绍兴把全家接到了北京。到了北京后，母亲有了更多的看书时间，鲁迅便常常为母亲搜集购买通俗小说，花费了很多精力。但同时，在搜寻之中鲁迅对很多小说有了追根溯源的了解，这为他以后编著《中国小说史略》《小说旧闻钞》《唐宋传奇集》《古小说钩沉》等书奠定了一定的基础。

在与弟弟周作人失和后，鲁迅搬入了西三条胡同，母亲与朱安也随之迁入。鲁迅终究是厌恶了北京的政治氛围，四十七岁的他最终辗转定居在了上海，直至生命的结束。

当鲁迅兼职于北京女子师范大学时，他遇到了生命中的真爱。许广平是他的一名女学生，由于两人思想的契合，两人最终跨越了阻碍，走到了一起，并定居在了上海。

母亲与朱安始终住在北京，两人的生活来源则全部依靠鲁迅。当许广平怀孕后，鲁迅告知了母亲自己与其他女子的爱情。母亲与朱安并不觉得男子三妻四妾不可饶恕，且母亲早就想要抱孙子，如今听到快要有孙子，而且儿子也过得幸福，很快接受了许广平的存在，朱安也不得不接受现实。

远离母亲，忙于事业的鲁迅虽未能经常去看望母亲，却经常给母亲写信。

母亲大人膝下敬禀者，紫佩已早到北平，当已经见过矣。昨闻三弟说，笋干已买来，即可寄出。又，三日前曾买《金粉世家》一部十二本，又《美人恩》一部三本，皆张恨水所作，分二包，由世界书局寄上，想已到，但男自己未曾看过，不知内容如何也。上海已颇温暖，寓中一切平安，请勿念为要。专此布达，恭请金安。

男树叩上广平及海婴同叩。五月十六日

（摘自鲁迅著《鲁迅全集编年版第8卷1934》，人民文学出版社，1934年）

在六年多的时间里，鲁迅给母亲的信几乎达到了每月一封，有时甚至是每月两封。信不长，内容主要是告诉母亲自己这边的近况，免得母亲挂念。鲁迅一有时间便收集母亲喜爱的小说寄给她，尽管他自己不喜欢这类小说。鲁迅也会时常把近照寄给母亲，母亲则把照片放在枕边，想念时便看看。

长时间高度集中精力工作的鲁迅，身体终于熬不住了。一九三六年的春天，鲁迅因受寒凉而突发气管痉挛，气喘剧烈乃至生命垂危。在医生的及时救治下，症状才得以缓解，只是，一场致命大病从此如噩梦般，缠绕了鲁迅。

七十多岁的母亲听闻儿子生病，自然心急如焚。为了不让母亲担忧，鲁迅病情一有好转便告诉母亲。而报喜不报忧的鲁迅，即使在最后的一段日子里，亦坚持给母亲写信，安慰母亲别担心。

母亲大人膝下，敬禀者，九月八日来信，早已收到。男近日情形，比先前又好一点，脸上的样子，已经恢复了病前的状态了，但有时还要发低热，所以仍在注射。大约再过一星期，就停下来看一看。海婴仍在原地方读书，夏天头上生了几个小疮，现在好了，前天玻璃割破了手，鲜血淋漓，今天又好了。他同玛利很要好，因为他一向是喜欢客人，爱热闹的，平常也时时口出怨言，说没有兄弟姊妹，只生他一个，冷静得很。见了玛利，他很高兴，但被他粘缠起来的时候，我看实在也讨厌之至。北京今年这样热，真是意料不到的事。上海还不算大热，现在凉了，而太阳出时，仍可穿单衣。害马甚好，请勿念。专此布达，恭请金安。

男树叩上　广平暨海婴同叩　九月二十二日

（摘自鲁迅著《鲁迅全集编年版第 10 卷 1936》，人民文学出版社，1936 年）

这是鲁迅写给母亲的最后一封信。关于自己的严重病情，鲁迅并未如实相告，却反复强调自己有所好转。而在儿子海婴出生后，鲁迅的每封信里几乎都提到儿子。他给母亲唠叨小海婴的点滴，不只是因为自己非常喜爱儿子，更因为他知道母亲十分喜爱这个孙子，想知道有关于孙子的一切。对母亲的拳拳孝心，在每个字，每个词中。

在鲁迅的信中，从来没有对死亡的绝望与恐惧。在遭受病痛折磨的几年中，鲁迅以超出常人的信念一直与病魔抵死抗争。只是，他战胜了自己，却终究还是没能战胜病魔，五十六岁的鲁迅走完了人生的路。

如果说"少年丧父，中年丧妻，老年丧子"是人生之三大不幸，母亲鲁瑞则历经了人生的两大不幸，中年丧夫，老年丧子，如若不是足够坚强，怎能承受如此沉重之悲痛？

当母亲接到同乡宋紫佩送去的鲁迅病逝的电报，母亲没有哭泣，却强装镇定，不过是为了"我不能累宋先生难受"。当一送走同乡，母亲万念俱灰，终于忍不住撕心裂肺地痛哭起来。

因为母亲的这种坚韧刚强的性格，才造就了鲁迅"书生天生担道义，智勇浩然走天下"的不屈、大义的精神。在时光的长河中，鲁迅已逝，精神不朽。

第三章

我的孩子们——梁启超致子女

他是中国历史上一位百科全书式人物,叱咤于政界,辉煌于学界。但让众人更叹服的是,他有九个子女,且九子皆才俊,一门三院士,个个忠于国家。他便是晚清乃至民国史上举足轻重的俊杰梁启超。繁忙于政治与学术,却同时培育了子女,他的言行,值得后人敬仰与学习。

孩子们:

……

阳历新年前后顺、庄备信次第收到。庄庄成绩如此,我很满足了。因为你原是提高一年,和那按级递升的洋孩子们竞争,能在三十七人考到第十六,真亏你了。好乖乖,不必着急,只须用相当的努力便好了。

寄过两回钱,共一千五百元,想已收。日内打算再汇二千元。大约思成和庄庄本年费用总够了。思永转学后谅来总须补助些,需用多少即告我。徽音本年需若干,亦告我,当一齐筹来。庄庄该用的钱就用,不必太过节省。爹爹是知道你不会乱花钱的,再不会因为你用钱多生气的。思成饮食上尤不可太刻苦,前几天见着君劢的弟弟,他说思成像是滋养品不够,脸色很憔悴。你知道爹爹常常记挂你,这一点你要令爹爹安慰才好。

徽音怎么样？我前月有很长的信去开解他，我盼望他能领会我的意思。"人之生也，与忧患俱来，知其无可奈何，而安之若命，是立身第一要诀。"思成、徽音性情皆近猖急，我生怕他们受此刺激后，于身体上精神上皆生不良的影响。他们总要努力镇慑自己，免令老人担心才好。

我这回的病总是太大意了，若是早点医治，总不致如此麻烦。但病总是不要紧的，这信到时，大概当已痊愈了。但在学堂里总须放三两个月假，觉得有点对不住学生们罢了。

前几天在城里过年，很热闹，我把南长街满屋子都贴起春联来了。军阀们的仗还是打得一塌糊涂。王姨今早上送达达回天津，下半天听说京津路又不通了，若把他关在天津，真要急杀他了。

爹爹
二月十八日

（摘自梁启超编《梁启超家书》，中国青年出版社，2009年）

"八岁学为文，九岁能缀千言"的梁启超在一生中写给了子女四百多封信，在信中，他是父亲，亦是朋友。他以与子女平等的身份，与他们谈论政治、职业、家常、人生等话题，引导子女走向成才之路。毫无家长作风的他，在重男轻女思想根深蒂固的时代，对每个子女一视同仁，都投入了炽热的父爱与大量的精力。梁启超的爱是细心的，通过观察子女的生活，了解掌握他们各自的特点，进而"因材施教"，让子女发挥各自的特长。梁启超对子女寄予了厚望，却只是要求他们"不必着急，只须用相当的努力便好了"。他给予子女尊重、鼓励与理解，子女回馈了他各自精彩的人生。

十九岁的梁启超迎娶了二十三岁的李惠仙，造就了一段才子佳人的美话。结婚后的梁启超，携夫人回老家度过了一段简朴却温馨的幸福时光，在这里，两人有了爱情结晶。长女梁思顺的出生，让梁启超喜上眉梢。"父亲"这一新身份，让他在喜悦的同时感受到了作为父亲的责任。梁思顺是他的"大宝贝"，他要陪伴女儿成长。

只是，随着戊戌变法的失败，梁启超逃亡日本，不得不离开了妻子与女儿。流亡至日本的梁启超，暂且逃离了清政府的追杀。而维新变法的失败，并未让他灰心，即使身在异国，梁启超以更大的热情组织参与了各类救国活动。

为了逃避清政府对家人的迫害，在梁启超到达日本的第二年，便将妻子与女儿接到了日本。

在这颠沛流离的逃亡生涯，梁启超积极献身于政治，同时不忘对女儿的教育。梁启超不但亲自教女儿写字读书，吟诗作词，还为她写了不少诗词。在父亲的熏陶和教育下，长女梁思顺对诗词和音乐产生了很大的兴趣。

梁启超从来都是一位思想与时俱进的爱国人士，一边为保皇四处奔波的同时，他亦与革命党人合作，寻求救国之道路。在他二十九岁的时候，妻子李惠仙为他生下第一个儿子梁思成。长子的出生，带给整日奔波在救国途中的梁启超很大的喜悦。梁启超非常注重中国古典文化，并以此作为培养、教育子女的文化根基。在他的指导下，长子自幼便阅读《左传》《史记》等古籍，对中国古典文化有了浓厚的兴趣，为以后打下了良好的基础。

随着革命风潮的不断掀起，梁启超愈发看到了清政府的腐败无能，亦逐渐由保皇派走向革命派。梁启超辗转于美洲、新加坡、澳洲等国，宣传救国思想，为运动筹集善款。

为了让丈夫以及这个家得到更好的照顾，李惠仙的身体又不是很好，于是她劝说梁启超将她的丫鬟王桂荃纳为妾室。王桂荃是李惠仙结婚时从娘家带来的丫鬟，聪明能干的她深得李惠仙以及丈夫的喜欢，家中事务乃至财政都由她掌管。经过多番考虑，梁启超同意了妻子的请求。

在民族忧患与家庭颠沛之际，王桂荃成为了李惠仙的得力助手，协助她主持家务，与这个家共度危难。两年后，王桂荃为梁启超生下了儿子梁思永。像对待前两个孩子一样，梁启超成为儿子梁思永的启蒙老师。

不久后全家迁居"双涛园"。尽管在流亡之中的梁家经济非常拮据，梁启超却并未放松对子女的教育。儿子梁思成被送到梁启超自己为华侨子弟创办的同文学校读书。学校离家有很长一段距离，梁思成每天需要赶小火车上学，虽然辛苦，在父亲的爱心教导下，梁思成倍感幸福。梁启超还专门为女儿梁思顺请了家教，教她"数理化"，并在家里建了一座实验室。为了摆脱经济的困境，梁启超决定编写中学国文教科书，长女则做了他所编写的国文教科书的第一个学生读者，"无意中反使娴儿获大益"。梁启超还频繁为长女"讲书"、批改"日记"与"作文"，有时竟至彻夜。待梁思顺再长大些，年少的她成为了父亲身边不可或缺的小秘书，为父亲阅报、读书、收集资料、做翻译，深受父亲的宠爱。

人丁兴旺的梁家在随后的三四年里迎来了三子梁思忠以及次

女梁思庄的出生。五个孩子，嬉笑打闹，好不热闹，在家里被称作"双涛园群童"。在之后的日子里，又有四个孩子来到人世。

国内局势动荡不安，国家屡受外国欺凌，在父亲爱国情操的影响下，孩子们从小便培养了浓厚的爱国主义精神和民族意识。

面对被列强欺辱与瓜分的局势，国内革命的呼声亦愈发强烈，倒行逆施的清政府终于有了反省，并试图通过立宪来自救。只是，腐败的清政府是不可能从根本上动摇自己的利益的，清政府主持的立宪运动以失败告终，清王朝亦于辛亥革命的炮声中断送了自己的性命。

一九一二年二月十二日，清王朝的最后一位皇帝溥仪退位，宣告了王朝时代的终结。于一九一二年元旦，孙中山在南京宣誓就职，定国号为中华民国，开启了历史的新篇章。

是年十月，在新政府的邀请下，梁启超率先从日本回国，结束了长达十四年的流亡生活。凭着在政治生涯中的卓越成就与声望，梁启超得到了新政府的重视与重用。第二年，妻子李惠仙带领暂留在日本的一家人回国，梁家于天津安顿下来。

回国后的梁启超活跃于政坛，当袁世凯夺取总统职位并组阁后，梁启超任职司法总长。随着子女的长大，梁启超陆续将他们送往北京读书。三个儿子梁思成、梁思永与梁思忠不负父亲的期盼，纷纷考入清华学堂学习。

当长女梁思顺到达结婚年龄时，与寻常父母一样，梁启超十分关心女儿的婚事。梁思顺是他最喜爱的爱女，梁启超决定亲自为女儿择婿。在他的一番考察下，梁启超看中了马来西亚华侨周希哲。周希哲虽出生于清贫的家庭，且在海轮上做小职员，但他始终追求进步，努力学习，最后获得哥伦比亚大学国际法博士学位。

虽然很满意这个女婿，但在子女的婚姻大事中，梁启超是开明的。他仅仅是作为一个介绍人，决定权仍然在子女手中。"由我留心观察看定一个人，给你们介绍，最后的决定在你们自己，我想这真是理想的婚姻制度。好孩子，你想希哲如何，老夫眼力不错罢。"事实证明，梁启超的谨慎且开明的择婿方法是合理的，长女梁思顺与周希哲婚后的生活是美满的。而在为长子梁思成的婚姻中，梁启超再次运用此方法，为儿子牵线才女林徽因，造就了一段才子佳人的佳话。

于北洋政府时期，周希哲长期担任驻菲律宾、缅甸、加拿大的领事和总领事。作为外交官夫人的梁思顺，随丈夫多年生活在海外。思念长女的梁启超，只能通过书信往复来寄托自己的情感。频繁写给长女的书信，竟多达三百多封，表达了一个父亲对女儿的深深挂念。

秉着一颗爱国之心的梁启超，虽然任职于北洋政府，当袁世凯接受日本提出的企图灭亡中国的"二十一条"时，梁启超是极为反对的。当袁世凯公开打出复辟帝制的旗帜，梁启超立刻发出了讨袁檄文。面对袁世凯的重金收买和武力威胁，梁启超毅然拒绝，并发表了《异哉所谓国体问题者》一文，揭露批判袁世凯违背历史潮流的行为。当袁世凯不顾众人的反对复辟帝制、登上皇位后，梁启超与蔡锷等人密谋，积极策划武力讨伐袁世凯。

从"袁世凯复辟"到"张勋复辟"，这两场短暂的历史闹剧，在广大人民的反对声中夭折，段祺瑞政府掌权。时局的动荡，让梁启超有了隐退的意向，但在政府的再三挽留下，梁启超挂上了财政总长兼盐务总署督办的头衔。由于段祺瑞不肯恢复代表民意的《中华民国临时约法》，孙中山发动护法战争。不久，段祺瑞被迫辞职，四十六岁的梁启超也递送了辞呈，结束了从政生涯。

从此，梁启超将精力全部放在了文化教育以及学术研究活动中了，他有了更多的时间来培养子女。然而，他并非刻意要把子女培育成"精英"，只是想把他们培养成为具有高度文化的知识分子，对社会有所贡献便好。"人生在世，常要思报社会之恩，因自己地位做得一分是一分"。有利于社会，报答社会的养育之恩，是梁启超对子女的最大希冀。

在重视对子女的中国古典文化学习的同时，梁启超也认识到学习西方先进知识的重要性与必要性。尽管他与妻子对子女不舍，梁启超还是决定将子女送去国外学习。从一九二三年至一九二九年梁启超因病逝世，他共有梁思成、梁思永等五个子女留学国外。

遥远的距离，唯有依托书信来寄托彼此的思念。在众多子女离开自己身边留学海外后，梁启超写了大量的书信给他们。

> 我生平最服膺曾文正两句话："莫问收获，但问耕耘。"将来成就如何，现在想他则甚？着急他则甚？一面不可骄盈自慢，一面又不可怯弱自馁，尽自己能力做去，做到哪里是哪里，如此则可以无人而不自得，而于社会亦总有多少贡献。我一生学问得力专在此一点，我盼望你们都能应用我这点精神。
> （摘自梁启超著；林洙编《梁启超家书》，中国青年出版社，2009年）

在信中，梁启超孩子们做学问，要一步一个脚印，不能急功近利。也不要太过在意结果，应该享受奋斗的过程。当尽力了，便对社会是有贡献的，这样便不负自己的努力。信中柔情的话语，不是说教，只有循循善诱，不会指责，只有建议，耐心引导孩子们正确地走好属于自己的人生。

除了关心孩子们的学习，梁启超同样关心他们的生活。"学问是生活，生活是学问"，梁启超十分重视引导孩子们的日常生活，希望他们成为一个不但有学识，且有趣味的人，一个不过分享受物质，而有德性的人。

一个人想要交友取益，或读书取益，也要方面稍多，才有接谈交换，或开卷引进的机会。不独朋友而已，即如在家庭里头，像你有我这样一位爹爹，也属人生难逢的幸福，若你的学问兴味太过单调，将来也会和我相对词竭，不能领着我的教训，你全生活中本来应享的乐趣，也削减不少了。我是学问趣味方面极多的人，我之所以不能专积有成者在此，然而我的生活内容异常丰富，能够永久保持不厌不倦的精神，亦未始不在此。我每历若干时候，趣味转过新方面，便觉得像换个新生命，如朝旭升天，如新荷出水，我自觉这种生活是极可爱的，极有价值的。我虽不愿你们学我那泛滥无归的短处，但最少也想你们参采我那烂漫向荣的长处（这封信你们留着，也算我自作的小小像赞）。

（摘自梁启超著；林洙编《梁启超家书》，中国青年出版社，2009年）

一味追求学问而生活无趣之人，是不会大有作为的，即使有，幸福感也不强。不论是交友还是学习，亦或是生活，都需要丰富起来，才会享受到人生中不可缺少的乐趣。梁启超的一生是博学多才的，又是幸福、乐观的，他以自己的言传身教，引导孩子们树立正确的人生观与价值观，做一个遵循自己内心的真实的人。

在频繁的书信往来中，梁启超与孩子们倾诉着彼此生活中的悲与喜，即使身处不同的国度，彼此间的惦念与鼓励，亦能化作爱的力量，传达至彼此的心间。

每当想念远方的子女，梁启超从不吝啬把爱说出口。

小宝贝庄庄：

我想你的狠，所以我把这得意之作裱成这玲珑小巧的精美手卷寄给你。你姊姊呢，他老成了，不会抢你的。你却要提防你那两位淘气的哥哥，他们会气不忿呢，万一用杜工部那"剪取吴淞半江水"的手段来却懵了，小乖乖你赶紧收好吧。

乙丑五月十三日　爹爹寄爱

（摘自秦牧主编《中华家书》，江西人民出版社，1993 年）

当十八岁的女儿梁思庄随同大姐梁思顺前往加拿大留学后，梁启超非常不习惯，不习惯身边没有小女儿的陪伴。他很想他的"宝贝疙瘩"，于是将自己的作品制作成手卷赠给小女儿。此时的梁启超，虽年过半百，却如同孩子般，呢喃着俏皮的话语，柔情尽显。

不同于对于学术的严谨态度，梁启超对子女的称呼可谓是柔情似水。他唤他们"大宝贝思顺""小宝贝庄庄""老baby""达达""忠忠""那两个不甚宝贝的好乖乖""对岸一大群孩子们""一群大大小小孩子们"等等，真挚的情感，于那一份发自内心的亲昵称呼中表露。

一场大病，夺去了年仅五十六岁的梁启超的生命。父亲的溘然长逝，让子女悲痛不已。然而，父亲虽不在了，他的"遗传和教训"，却永远存在了子女的心中，成为了他们最宝贵的财富，指引他们走向各自灿烂的人生道路。诗词研究专家长女梁思顺；建筑学家、中国科学院院士长子梁思成；考古学家、中国科学院院士次子梁思永；国民革命军炮兵上校三子梁思忠；图书馆学家次女梁思庄；经济学家四子梁思达；社会活动家三女梁思懿；新四军早期革命者四女梁思宁；火箭系统控制专家、中国科学院院士五子梁思礼。九个子女，不同的行业，每个人却都成为国家之栋梁。

他们，终究如父亲所愿，成为那个对社会有用的人，成为那个不负于自己努力的人，成为那个值得父亲骄傲的人。

第四章

亲爱的孩子——傅雷致两儿

他是一代多艺兼通的翻译巨匠,成长于草根之中;他又是一位教子有方的父亲,长子为著名"钢琴诗人",驰骋于国际音乐舞台,次子为中学英语特级教师,甘于一辈子献身人类灵魂工程师这一职业。父与子三人,用自己的一生诠释了中华赤子的人格力量。一部《傅雷家书》,寄托了父亲对儿子的深沉的爱与谆谆教诲。

亲爱的孩子:

你走后第二天,就想写信,怕你嫌烦,也就罢了。可是没一天不想着你,每天清早六七点就醒,翻来覆去睡不着,也说不出为什么。好像克利斯朵夫的母亲独自守在家里,想起孩子童年一幕幕的形象一样;我和你妈妈老是想着你二三岁到六七岁间的小故事——这一类的话我们不知有多少可以和你说,可是不敢说,你这个年纪是一切向前的,不愿意回顾的;我们噜哩噜嗦地抖出你尿布时代及一把鼻涕一把眼泪时代的往事,会引起你的烦恼。孩子,这些我都很懂得,妈妈也懂得。只是你的一切终身会印在我们脑海中,随时随地会浮起来,像一幅幅的小品图画,使我们又快乐又惆怅。

真的,你这次在家一个半月,是我们一生最愉快的时期;这幸福不知应当向谁感谢,即使我没宗教信仰,至此也不由得要谢谢上帝了!我高兴的是我又多了一个朋友;儿子变了朋友,世界上有什么事可以和这种幸福相比的!尽管将来你我之间离多别少,但我精神上至少是温暖的,不孤独的。我相信我一定会做到不太落伍,不太冬烘,不至于惹你厌烦。也希望你不要以为我在高峰的顶尖上所想的,我见到的,比你们的不真实。年纪大的人总是往更远的前途看,许多事你们一时觉得我看得不对,日子久了,现实却给你证明我并没大错。

孩子,我从你身上得到的教训,恐怕不比你从我得到的少。尤其是近三年来,你不知使我对人生多增了几许深刻的体验,我从与你相处的过程中学到了忍耐,学到了说话的技巧,学到了把感情升华!

你走后第二天,妈妈哭了,眼睛肿了两天:这叫作悲喜交集的眼泪。我们可以不用怕羞的这样告诉你,也可以不担心你憎厌而这样告诉你。人毕竟是感情的动物。偶然流露也不是可耻的事。何况母亲的眼泪永远是圣洁的,慈爱的!

(摘自傅雷,朱梅馥,傅聪著;傅敏编《傅雷家书与傅聪往来家信》,江苏凤凰文艺出版社,2015年)

有多少父母,为了孩子的前程,含泪将孩子送往远方,只能用书信来传递彼此的挂念,傅雷便是如此。十三年的时间,他给不在身边的孩子写了百余封信,这便是《傅雷家书》。《傅雷家书》里的每个字、每个词、每句话,吐露了父亲对儿子的深爱与希冀。

傅雷在信中孜孜不倦地与儿子交流艺术、谈论人生、感悟哲理。他们是父子，也是师生，更是知己。

这封信写于长子傅聪赴京学习，为留学波兰做准备的第二天。思念是如此的近，距离却是那么的远。傅雷夫妻俩，在相思的折磨下，食不知味，寝不能昧，唯有让信件寄去自己的思念。只是，泪水虽苦，心却甜。对于他们来说，看到孩子飞向更广阔的天空，不舍却欣慰。

傅雷是父亲，却为自己往昔对儿子太过严苛而自省。他知晓自己有时甚至有些顽固不化，但他会改，不让儿子厌烦他，与儿子成为真正的朋友。他们互相学习，互相训诫，共同成长。

傅雷禀性刚毅的性格、严于律己，且性格不无火暴的时候，这与他的成长环境密切相关。

在傅雷四岁的时候，任教于周浦镇扬洁女校的父亲傅鹏含冤入狱，在母亲李欲振想尽一切办法将父亲营救出狱时，父亲早已病入膏肓，不久便抑郁而死。在营救丈夫的过程中，傅母四处奔波，无暇照顾好孩子，两个年幼的儿子与还是胎儿的女儿不幸夭折，此时的傅母不过才二十四岁。

一年之中失去丈夫与三个儿女的傅母伤心欲绝，幸运的是，儿子傅雷给了她活下去的希望。坚强的傅母在挺过这一劫后，为了给儿子创造更好的学习环境，傅母将全家从闭塞的农村搬到了开阔的县城。在这个繁华的县城，儿子傅雷受到了良好的教育。由于傅母将全部的精力放在儿子傅雷身上，自然对儿子极其严格，这在促使儿子成才的同时，造成了儿子性格的激烈、严苛一面。

在傅雷的坚持下，十九岁的他选择自费留学法国，在接下来的五年里游历了瑞士、比利时、意大利等国。回国后的他致力于法国文学的翻译与介绍工作，文笔传神、态度严谨的傅雷译作丰富，成为了翻译界的楷模。

回国后不久，二十四岁的傅雷与小他五岁的表妹朱梅馥结婚。青梅竹马的两人感情非常好，之后有了两个儿子傅聪与傅敏。

在绘画、音乐、文学等各方面均显示出独特的高超的艺术鉴赏力的傅雷，在长子傅聪三四岁时，原本打算让长子学习绘画的他注意到长子对音乐的喜爱，便决定挖掘与培养长子在音乐方面的才能。在长子八岁半时，傅雷开始让他学钢琴。为了让长子更好地学习，傅雷将长子从小学撤回，在家培养。

傅雷为长子编制教材，给他制定每日的课程，合理分配小学课程的学习与钢琴的练习。傅雷亲自教长子的语文，其他课程则请家教。注重学习方法的傅雷不是让长子死记硬背，不是将自己的知识教给长子，而是以发问亦或旁敲侧击的方式引导长子思考，启发长子的思维。这种以引导孩子主动思考的教育方式，培养了长子的思考能力与基本逻辑。几年后，当次子傅敏接受教育时，父亲傅雷亦是用同种教育方式培养次子的学习。

对待孩子的学习，傅雷是极为严格的。他不但亲自督促，对于他所制定的规则，孩子必须遵循。但凡涉及原则问题，傅雷是不会退步的。只是，在严格的同时，傅雷有时表现得有些固执。

在一次关于贝多利的提举奏鸣曲哪一首最重要的谈话中，傅聪与父亲发生了激烈的争执。父亲坚持权威的答案，长子却有自己的独特想法。在白热化的争论中,父亲认为儿子太狂妄,儿子不认同父亲所坚持的权威,两个人大吵了一架,负气的傅聪选择离家出走。之后因傅雷的姑夫去世,傅雷感于人生应该懂得珍惜,在接回长子后,两人和好。

人无完人,在以后的岁月中,父子三人从彼此的身上学会了更为深刻的宽容与谅解。

除了注重对长子傅聪音乐方面的培养,傅雷在美术、文学、历史等多方面给予长子指导。为了让长子更好地学习钢琴,傅雷为长子做了详尽的安排。在长子跟雷垣学习两年后,九岁半时拜师钢琴大师李斯特的再传弟子梅·百器为师,三年后又随钢琴家杨嘉仁学习近两年,直到傅雷一家迁至昆明才停止钢琴练习。

在昆明没能找到老师辅导长子钢琴,傅聪重进校门,就读于昆明的粤秀中学,继而又以同等学力考入云南大学外文系。当不能再学钢琴,傅聪才发现自己离不开钢琴。为了自己的梦想,傅聪毅然只身前往上海学习钢琴,并随苏联女钢琴家勃隆斯丹学习。

刻苦用功的傅聪,不论寒冬酷暑,每天坚持练琴七八个钟头。傅聪的勤奋加上他对音乐的独特理解,使得他在钢琴方面的表现突出,二十岁的他便参加了在罗马尼亚举行的第三届世界青年联欢节,且在钢琴比赛中获三等奖,并于第二年受波兰政府邀请留学波兰。在随后的一年,傅聪参加了第五届国际肖邦钢琴比赛,并获第三名和玛祖卡最优奖。

长子所取得的成就,与父亲傅雷费劲心力的培养与教诲是分不开的。往日的艰辛付出,换来了今日的回报。对于父亲的严厉,父亲的良苦用心，此时的傅聪有了更深刻的理解。

傅雷知道，成为一个艺术家是需要付出诸多艰辛的。不论是身体还是心理上，都得承受常人无法忍受的痛楚。当他看到长子在走向艺术巅峰的这条路上的义无反顾后，谨慎的傅雷最终做出全力支持傅聪的决定。在付出如此大的代价后，如果不能成为一流的艺术家，那将会是莫大的悲哀。

当初中毕业的次子傅敏告知父亲自己想要与哥哥一样学习钢琴时，傅雷断然拒绝了。学艺术太费金钱，傅雷没有足够的资金再次负担另一个儿子的学费。更重要的是，傅雷并不认为次子可以成为一个一流的艺术家。除了认为次子缺乏天赋，傅雷认为"学音乐，要从小开始。你上初中才学琴，太晚了"。此时的次子已十六岁，过了最佳的练习钢琴的岁数。

无法理解父亲想法的傅敏与父亲大吵了一场，他不能认同父亲对他的"你不是搞艺术的人，还是教书更适合"的结论。然而，在多年后，当傅敏立志毕生从事教育行业时，父亲此时听似无情的话语，却很好预测了未来的事实。

不只在学习上，在平常的生活中，傅雷对孩子的要求同样严格。傅雷规定孩子进餐时要坐得端正，吃饭时手肘要放在桌子上，且不能妨碍同席的人，饭后要及时把凳子移入桌子下，防止阻碍通行。当年幼的长子吃饭挑食，不肯吃蔬菜时，傅雷便罚他只能吃白饭。

先修身，才能齐家、治国、平天下，做出一番大成就。傅雷的严格，贯穿在生活的各处细节之中，教导孩子如何做人，如何成就自己。对于孩子的举动、态度、礼貌等各方面，傅雷要求他们做到完美。虽然看似苛刻，但傅雷却以身作则，做到了对孩子的要求。而这些细致甚至可称得上烦琐的要求，不过是希望孩子的一生可以更加完满。

在长子留学波兰后，每次书信的启封，对于傅雷来说都是欣喜的。长子跟他诉说自己生活中的欢笑与泪水，分享学习钢琴中的挫折与喜悦，倾诉自己的恋爱与梦想；傅雷回信教他怎样做一个正直的人，如何对待艺术与生活，以及怎样从容面对人生的低谷与高潮与恰当处理恋爱与事业的关系。遥远的距离并未淡化父子情，反而增进了对彼此的理解与亲近。

即使长子不在身边，傅雷也未放松对他的教育与支持。为了帮助长子提高钢琴艺术的理解与修养，傅雷翻译了罗曼·罗兰的《论莫扎特》等著作。为了支持与宣传长子的音乐表演，傅雷写了《与傅聪谈音乐》以及《傅聪的成长》等文章，甚至还为远在异国他乡的长子的表演撰写全部的《乐曲说明》。

如此呕心沥血的付出，长子成就了他自己，傅雷成就了长子。

我更高兴的更安慰的是：多少过分的谀词与夸奖，都没有使你丧失自知之明，众人的掌声、拥抱，名流的赞美，都没有减少你对艺术的谦卑！总算我的教育没有自费，你二十年的折磨没有白受！你能坚强（不为胜利冲昏了头脑是坚强的最好的证据），只要你能坚强，我就一辈子放了心！成就的大小、高低，是不在我们掌握之内的，一半靠人力，一半靠天赋，但只要坚强，就不怕失败，不怕挫折，不怕打击——不管是人事上的，生活上的，技术上的，学习上的——打击；从此以后你可以孤军奋斗了。何况事实上有多少良师益友在周围帮助你，扶掖你。还加上古今的名著，时时刻刻给你精神上的养料！孩子，从今以后，你永远不会孤独的了，即使孤独也不怕的了！
（摘自傅雷，朱梅馥，傅聪著；傅敏编《傅雷家书与傅聪往来家信》，江苏凤凰文艺出版社，2015年）

当长子取得大的成就时，傅雷留下了欣慰的泪水。傅雷不吝啬给予长子赞扬，亦时刻教育他不能太过骄傲。在长子失意时给予他鼓励，在长子得意时提醒他谦虚，父亲的用苦良心，让人感慨不已。傅雷寄给抑或介绍长子读一些古今中外名著，汲取前人的经验教训，做一个不畏孤独的精神充实的人。

长子在国外不断取得辉煌的成就，次子却没有那么幸运。当傅敏的艺术家梦想被父亲亲手掐灭后，高中毕业的他，准备报考复旦大学外国文学系，立志做一个像父亲那般的翻译家。这时，成绩优异的傅敏被组织看中，想把他培养成有作为的外交家，便将他保送到了北京外交学院。只是，在他还未来得及毕业，父亲被莫名卷入了政治旋涡中，远在国外的哥哥也不能幸免，傅敏的人生就此被打乱。

成绩优异的傅敏在毕业后，由于"特殊的政治背景"，没有单位肯接受他，直到北京女一中老校长惜才挺身而出，接纳了他。

从艺术家到翻译家再到外交家，最后却成为了一名普通的中学老师。一个个梦想的破灭，傅敏是心有不甘的。在离开父母来到女一中后，居住在简陋的宿舍里，傅敏终于忍不住，写信给父亲诉说心中的愤怒与委屈。傅雷是心疼与理解次子的，但他更懂得宽恕自己与他人的重要性。

  目前你首先要做好教学工作，勤勤谨谨，老老实实。其次是尽量充实学识，有计划有步骤的提高业务，养成一种工作纪律。假如宿舍四周不安静，是否有图书阅览室可利用？……还有北京图书馆也离校不远，是否其中的阅览室可以利用？不妨去摸摸情况。总而言之，要千方百计克服自修的困难。等你安排妥当，再和我谈谈你进修的计划，最好先结合你担任的科目，作为第一步。
  ……千句并一句：无论如何要咬紧牙关挺下去，堂堂好男儿岂可为了这些生活上的不方便而消沉，泄气！
（摘自傅雷，朱梅馥著；傅敏编《傅敏编傅雷家书》，江苏凤凰文艺出版社，2015年）

  傅雷给次子打气，鼓励他克服困难。他告诉次子，不论身处何位，是何种身份，都可以成为一个有贡献于社会的人。只要对社会有所贡献，这样的人生便是无憾的。在父亲的鼓舞以及老校长的支持下，傅敏渐渐领悟了人生的真谛。当他进一步接触那群天真无邪的学生后，心中的寒冰融化，傅敏打心底爱上了教师这一行业。全身心投入教育中的傅敏，成为了一名平凡却优秀的人民教师。
  多年后，当这场浩劫结束，傅敏拒绝了调任至其他更好的职业以及升迁。当他前去伦敦探望哥哥后,没有选择留在异国过安逸的生活,而是回国继续当一名中学老师,一名终身不升"长"的普通老师。他始终记得父亲的教诲,最终成为了父亲所期望的模样。

动荡的时局,即使身处不平,遭受冤屈,傅雷却从来不曾抱怨过。在忍受非人待遇的日子里,傅雷一如既往教导身处异国的长子要时刻牢记自己的职责。

你不是抱着一腔热情,想为祖国、为人民服务吗?而为祖国、为人民服务是多方面的,并不限于在国外为祖国争光,也不限于用音乐去安慰人家——虽然这是你最主要的任务。我们的艺术家还需要把自己的感想、心得,时时刻刻传达给别人,让别人去作为参考的或者是批判的资料。你的将来,不光是一个演奏家,同时必须兼做教育家;所以你的思想,你的理智,更其需要训练,需要长时期的训练。我这个可怜的父亲,就在处处替你做这方面的准备,而且与其说是为你做准备,还不如说为中国音乐界做准备更贴切。孩子,一个人空有爱同胞的热情是没用的,必须用事实来使别人受到我的实质的帮助,这才是真正的道德实践。

(摘自傅敏编《傅雷书信选》,生活·读书·新知三联书店,2010年)

傅雷给长子寄去《古诗源选》《唐五代宋词选》《元明散曲选》等中国经典文化作品,希冀长子在增加自身文化修养的同时,保持对本民族优秀文化的理解与认同。爱亲人朋友,爱祖国,爱人类。

傅雷以一种博爱的赤子之心，以一种无悔的奉献之心，用自己的言行，告诉长子，作为一名艺术家，最终的目的不过是为人民服务、为祖国争光。傅雷反复教导长子，成就自己的最大意义，是为了可以为国为民贡献更多。而长子所获得的一切荣誉，是国家的荣誉，长子最需要感恩的，是自己的祖国。

傅雷夫妇两人终究含冤殒命于那场"文化浩劫"中，只是，他们却无怨无悔于报效祖国。

"第一做人，第二做艺术家，第三做音乐家，最后才是钢琴家。"这是长子收到的父亲的最后赠言。当一切物是人非，人世间不再有父母的身影，在异国漂泊二十多年的傅聪踏上了祖国的土地。于各地开展音乐会的他，如父亲所希望的那样，用自己的实际行动为祖国做贡献。

父母"走"时，傅聪没有哭，当他看到戏曲节目里一个个孩子在四处寻找爸爸时，终于忍不住号啕大哭起来。

有所欣慰的是，他与弟弟，终究成为父亲所期盼的人。

第五章

浓浓父子情——张謇致独子

四十一岁才大魁天下的张謇,不热心官场而主张"实业救国",成为中国近代第一实业家。张謇是"状元实业家",同时是著名教育家。全身心献身于实业与教育的张謇,没有放松对独子张孝若的教育。他们既是父子,也是事业伙伴,更是知己。这一对"友谊上的了解,意趣间的和谐"的父子,铸成了一段父子情深的佳话。

父寄怡儿:

父廿九日来沪。三伯父四月三日亦来,五日六日即回。得儿十七日信,为之怆然。父昨又寄去一诗及改儿之诗,早晚当收到。父岂不欲儿常在侧,顾世事日变,非有学问,不能有常识,即不能有声望。居今之世,若无学问、常识、声望,如何能见重于人?如何能治事?如何能代父?故不得不使儿阅历辛苦,养成人格,然后归而从事于实业、教育二途,以承父之志,此父之苦心也。三伯父每为父言,立儿尤小,须儿学成而归,乃能教之。昨同上金沙、西亭、通州之坟,老兄弟舟中言之怆然,且念及大房诸子之不善,非儿有学问声望,不足以自卫也。仁祖今年令练习铁厂事,大延、小延均在原校。父与伯父体气皆好。汝母喉病,仍时发时愈。父五六日后即归,拟自治之。汝母前劝父再纳一人为助,父已逾六十,何能为此?惟濠南别业如成,亦诚乏人坐理,此则不能不悲娘娘之逝矣!

别业须五六月方能动工，儿暑假回当见之。儿今在校须定心求学，不必常常思家，常思则苦，胸襟不开广，亦有碍于身体。校规即不严，但得自己律身严，则焉往而不可。做人须自做，专恃校规管束，教师督促，非上等人格也。许大叔夫人闻患外症，其幼子闻坠楼受伤，儿曾往视否？许夫人前既为儿护疾，儿须以诚意报之。见许大叔亦道谢。汤思齐来讯言清华塾规好，父尚须再访。儿千万寒暖饮食自重。佑儿已上学。

三月卅一日

（摘自李明勋，尤世玮主编《张謇全集3函电下》，上海辞书出版社，2012年）

  当年仅十六岁的独子张孝若不舍得离家去往青岛"德华高等学堂"读书时，父亲张謇用温和的言语，劝慰儿子"非有学问，不能有常识，即不能有声望"。阅历辛苦、刻苦学习是养成人格的前提，年逾六十的张謇，义无反顾将独子送离身边。

  四十六岁才得一子的张謇，宠爱独子，却不溺爱。张謇严格要求独子，对儿子进行了德智体全面发展的培养。张謇成为长大后的儿子最崇拜的人，儿子亦成为了张謇的最信任的人。

  张謇字季直，号啬庵，出生于一个富农兼小商人家庭。聪慧过人的他五岁入私塾，却由于祖上是三代没有功名的冷籍而没有参加科举考试的资格。在謇父的周旋下，张謇冒用如皋县人张铨儿子张育才的名义报名注籍，十六岁的他考中秀才。不料无赖之徒张铨频频以此要挟謇父，索要大量钱财，最后将张謇告上了公堂。这场延续数年的诉讼拖垮了张謇家,家道从此衰落。

自张謇考中秀才之后的十余年里,他每两年便参加一次乡试,先后五次都未考中,直到三十二岁才以第二名中举。心灰意冷的张謇因父命难违,之后又多次参加了考试,直到四十一岁时终于高中一甲一名,授予六品的翰林院修撰官职。

作为晚清状元,张謇的求仕生涯历经坎坷。自中秀才后,张謇在入仕的道路上进出科场二十多次。其中的痛苦与折磨,只有张謇自己才能体会。

在求仕的过程中,张謇凭借自己的才能,做出了一些成就。二十二岁的他投奔原通州知州孙云锦,随孙云锦赴开封府任,协助治河救灾,之后入吴长庆庆军幕任文书,与袁世凯构成吴长庆的文武两大幕僚。

为了防止日本海军对长江下游的侵犯,两江总督奏派张謇举办通海团练。一八九五年甲午中日战争的爆发,激起了包括张謇在内的主战派的爱国热情。只是,软弱的清政府很快签订了丧权辱国的《马关条约》,通海团练半途而废。激愤于清政府的妥协与无能,张謇开始走上了"实业救国"的道路。在为张之洞起草的《条陈立国自强疏》中,张謇提出了发展民族近代工业以救国的主张。次年,张之洞奏派张謇在南通创办了大生纱厂。

尽管创办纱厂之初困难重重,不但资金、技术缺乏,更受到了来自封建顽固势力的阻扰。张謇不畏艰辛,四处奔波操劳,三年后大生纱厂建成投产。只是,最初几年的经营,不过以惨淡收场。

不放弃才有成功的可能，在张謇等人的坚持努力下，大生纱厂逐渐壮大。

古有"不孝有三，无后为大"的训诫。在忙于救国事业之余，年龄渐长的张謇一直为自己未能有子嗣而心忧。张謇先后娶过五位夫人，有过一个女儿却夭折了。当四十六岁的张謇有了唯一的儿子时，心里是喜不自胜的。中年得子，乃人生一大美事。为了表达自己无与伦比的喜悦，张謇挥墨赋诗："生平万事居人后，开岁初春举一雄。大父命名行卷上，家人趁喜踏歌中。亦求有福堪经乱，不定能奇望作公。及汝成丁我周甲，摩挲双鬓照青铜。"并为儿子取名为怡祖，字孝若。

对子女最好的爱，便是给予他们最适合的培养，引导他们健康成长，让他们在长大后有能力、有自由选择自己想过的生活，不论生活普通亦或不平凡。壮年才得一子，张謇倍为珍惜，却不溺爱。

在外来侵略以及中西文化碰撞的冲击下，一些开明之士抛弃"天朝大国无所不有"的自封姿态，主张向先进的异国学习。极为重视儿子教育的张謇，在儿子七岁时，特从日本聘来幼儿教师森田政子做保姆兼启蒙教育老师，教儿子日文。作为状元，文采了得的他亲自为儿子写儿歌，由老师谱曲教唱，以这种充满乐趣的方式从小熏陶儿子的情操。

为了给儿子创造良好的学习环境，张謇专门设立扶海垞家塾培育儿子。扶海垞家塾是一所具有新式特征的学校，开设的课程除了国文、修身等传统课程，还有算术与音乐、图画、体操等新式课程。在儿子十五岁时，又聘请武进的沈友卿教授《论语》《孟子》《春秋》等国学。

张謇为培养儿子倾注了许多心血，处于变革的时代，开明的他极力将儿子培养成与时俱进的新式人才。

父谕怡儿：

汝今年是已升之甲班，须更用功。父已与校中商订一学期一升班之章程，如果甲班长进，今年即可毕初等小学业矣。每日上课外真能有两三小时安心用功，不愁不长进。儿其自砺！成人之基在是。休息时可习已学之拳，既有益卫生，又不废学也。前出之题作成几篇？可寄来。父在外终日不闲，一到晚间无客不办事时，便念我儿，又无人足解父怀，颇伤儿母。儿知父意否？润或能知之，然亦不在面前。儿早晚眠食小心，丸药切须服完必有益。

正月二八日

（摘自《张謇全集》第四卷·事业，江苏古籍出版社，1994年）

注重儿子教育的张謇，虽然心中不舍，却不得不将儿子送往远方去求学。"勤学自砺，持之以恒"是张謇对儿子学习的教诲。当儿子就读于初小时，张謇鼓励儿子给他写信。在得知儿子请人代写回信后，张謇写信谆谆教诲儿子，自己的事要自己做，循循善诱教儿子做人。虚心受教的儿子自己写信给父亲张謇，信中不无错字，张謇会耐心一一纠正文字错误。

儿子生活的方方面面张謇都关怀备至，提醒儿子在学习之余可习拳散步，以强健体魄。当得知求学中的儿子生病，张謇心疼不已，不但细细叮嘱、指导儿子吃药，有时还亲自为儿开药方。

完整的人生，是有所作为且充满乐趣的。张謇希冀儿子"既仁于世，且游于艺"，在为国为民做贡献的同时，懂得生活，养性怡情。在张謇的熏陶下，儿子从小便爱好诗词。诗文名于一时的张謇，在信中与儿子探讨诗文，指导儿子鉴诗写诗。张謇为儿子挑选优秀诗词寄给儿子，并鼓励儿子写诗，帮他修改，将写诗的经验技巧传授给儿子。

在力行"实业救国"的同时，张謇大力发展教育事业，且于一九〇二年创办了中国第一所师范学校，即通州师范。又与人合办了复旦公学，即复旦大学的前身。而后陆续创办了纺织、农学、铁路、医学等多所专门学校，为中国教育事业的发展做出了巨大的贡献。

张謇一生创办了二十多个企业与三百多所学校，作为大企业家、大教育家的他，一生却崇尚简朴。他的衣服穿破了才换新衣，平常的饭菜每顿不过一荤一素一汤，只有来客人了才加菜。在自己创办的通州师范就餐时，他与学生同菜同吃，儿子亦与学生吃一样的饭菜。张謇的身传言教，给儿子做了很好的榜样。

在儿子的成长过程中，张謇同样注重对儿子德行方面的培育。在儿子十多岁时，客居在北京的张謇便让儿子代父主持春节仪式，祭祀祖先。缅怀祖先，感恩先人，借此教导儿子"和孝勤慎"。

除了在实践中对儿子进行细致的训导，张謇亦看重书籍对一个人的塑造作用。作为儒家的拥护者,张謇尤其推崇"一代儒宗"曾国藩。他给儿子寄去曾氏家书,以期他从中学习为人处世之道,并让他熟读《论语》《孟子》等经典典籍,时刻铭记"仁者爱人"等儒家信条。

从提高自身修养到心系国家,身处国家危亡之际的张謇,为实业与教育救国鞠躬尽瘁。他以自己的赤子之心,告诫儿子为国效力。

父寄怡儿:

玩儿前函语意,不愿北来,父所虑者科学或不足耳。不知雅师如何?属韩竹平开一美国大学学科分数表寄去,儿自省之。竹平即管、许、薛授英语之师也。晤丁家立云,儿英文好,文法亦不错,必已见儿函矣。日人无理要求之款至二十余,令人不复可耐。然不耐亦无法。一二月内必有变相,临难而去,父所不为。到此地位,只有静观其变,以义处之而已。儿须知无子弟不可为家,无人才不可为国。努力学问,厚养志气,以待为国雪耻。与三伯父讯儿可看后送去。父寄怡儿。

二月二日

(摘自《张謇全集》第四卷·事业,江苏古籍出版社,1994年)

祖国被列强侵犯,唯有奋起,方能救国。心忧天下的张謇,狠心将独子送往远方求学,"无人才不可为国",他要将儿子培养成才。"努力学问,厚养志气,以待为国雪耻",父亲的恳切告诫，让儿子从小便立志奋发图强，报效祖国。

当张孝若完成国内学业后，在父亲的支持下，告别年老的父母，毅然前往美国留学。就读于哈佛商学院的他，在获得商学士学位后即刻回国。此时父亲张謇的年龄已接近七十，却仍旧为国不放弃事业。不忍心白发的父亲太过操劳，张孝若婉拒了父亲让他再留学三年的良苦用心，回国帮助父亲处理内外事情。

当张謇创办了淮海实业银行，张孝若便任职总理。精通外语的他，开始在商界崭露头角。在与父亲张謇共同兴建实业期间，父子俩非常默契。性格温和的张孝若极为尊重父亲，同时有自己的处事原则；张謇栽培儿子，同时尊重并听取儿子提出的不同意见。相处融洽的父子俩，是合作伙伴，亦是志同道合的知己。

在儿子的终身大事上，张謇虽然没能避开封建时代包办婚姻的枷锁，但他在儿子的婚姻上却慎之又慎。"余之为怡儿择妇也，盖审之又审。必礼法旧家；必仁而不贪劳，商农而不论侩者；必女曾治旧学有新知识者。"女方必须生于有礼法教养的世家；女方家长必须或做官而不贪污恶劣，或经商务农而无寒伧市侩气；女方必须既受过传统教育又具备新知识。张謇所制定的这三条择媳标准，于当时而言算是苛刻的了。只是，为了儿子的幸福，张謇并不会妥协。在迟迟数年后，张謇终于为独子物色了一名合乎条件的女子。

幸运的是，张謇的一番苦心没有白费。儿子与儿媳婚后的日子很是和睦，深明大义的儿媳，在未来的日子里更是为国为民做出了自己的贡献。

人生之一大痛苦，莫过于子欲养而亲不待。七十四岁的张謇由于积劳成疾而逝世。此时的张孝若年仅二十七岁。除去求学在外的日子，张孝若知道自己陪伴在父亲身边的时光并不多。本以为学成归来便可常伴老父身旁，报答父恩，时间却没有给他更多的机会。

从此，他没了父亲，在他还未来得及做好心理准备时。在历经撕心裂肺的痛苦后，张孝若在悲痛中站起身来，继承了父亲的未尽事业，一心为救国救民办实事，直到短暂生命的最后一刻。

第三卷

海内存知己，天涯若比邻

> 友情是一份偶然，又是一份惊喜，无关乎性别，不在于身份地位。君子之交，一份不同于爱情的纯粹之情，一份有别于亲情的真挚之情，不在于时间的长短，只关乎心与心的交付，不在于距离的远近，只关乎思想的契合。或信中的一句简单问候，或久别重逢的一声真诚关怀，于动荡的民国年代里，足以让人动容不已。知己难求，今生有幸遇到你。

第一章

友情之上，恋人未满——徐志摩致凌叔华

因为好感，所以接近；因为接近，所以喜欢。在朋友与恋人之间，还有一种关系，便是蓝颜知己抑或红颜知己。不同于朋友之间的保持距离，相异于恋人之间的亲密无间，在知己面前，你可以全身心放松，倾诉彼此的悲与喜、乐与忧。徐志摩遇到了凌叔华，他成为了她的蓝颜，她成为了他的红颜。

准有好几天不和你神谈了，我那拉拉扯扯半疯半梦半夜里袭笔头的话，清醒时自己想起来都有点害臊，我真怕厌烦了你，同时又私冀你不至十分的厌烦，×，告诉我，究竟厌烦了没有？平常人听了疯话是要"半掩耳朵半关门"的，但我相信倒是疯话里有"性情之真"，日常的话都是穿上袍褂戴上大帽的话，以为是否？但碰巧世上最不能容许的是真——真话是命定淹死在喉管里的，真情是命定闷死在骨髓里的——所以"率真"变成了最不合时宜的一样东西。谁都不愿入时，谁都不愿意留着小辫子让人笑话，结果真与疯变成了异名同义的字！谁要有胆不怕人骂疯才能掏出他的真来，谁要能听着疯话不变色不翻脸才有大量来容受真。得，您这段罗（啰）哆（嗦）已经够疯。不错，所以顺着前提下来，这罗（啰）哆（嗦）里便有真，有多少咬不准就是！

完了，昨夜三时后才睡，你说这疯劲够不够？这诗我初做成时，

似乎很得意，但现在抄誊一过，换了几处字句，又不满意了。你以为怎样，只当他一首诗看，不要认他有什么 Personal 的背景，本来就不定有。真怪，我的想象总脱不了两样货色，一是梦，一是坟墓，似乎不大健康，更不是吉利，我这常在黑地里构造意境，其实是太晦色了，×你有的是阳光似的笑容与思想，你来救度救度满脸涂着黑炭的顽皮××吧！

（摘自韩石山编《徐志摩书信集》，天津人民出版社，2013年）

"×"是徐志摩对凌叔华的昵称。当苦恼不能同恋人说，不能与朋友道，却有知己一人，愿意倾听自己的抱怨，即使是疯言疯语。徐志摩是一位诗人，有着丰富且敏感的情感，对外界的感触更为深刻。当"我的感情脆弱的不成话"时，徐志摩想到的，便是向凌叔华倾诉。他知道，如阳光般的凌叔华，定可以驱散他内心的阴霾。

时间与感情并不一定成正比，情感的深浅关键在于彼此精神的契合度。契合度高，便能有缘千里来相会，继而相知与深交，如同徐志摩与凌叔华般。

两人第一次相见于接待来华讲学的印度诗人泰戈尔的宴会上。此时的徐志摩作为新月社的代表前去迎接泰戈尔，之后作为翻译以及陪同人员相伴于泰戈尔身边，陪他游历了很多地方，直到泰戈尔回国。此时的凌叔华就读于燕京大学外语系，被选为学校学生代表前去欢迎泰戈尔。两人就此相识。

出身于望族的凌叔华，父亲凌福彭与康有为是同榜进士。父亲凌福彭精于词章且酷爱绘画，并与齐白石等著名画家交往甚密。

从小受到文学艺术熏陶的凌叔华也爱上了绘画,且在绘画方面很有天赋,并拜著名的女艺术家、慈禧太后宠爱的画师缪素筠为师。在学习绘画的同时,凌叔华在文学方面亦兴趣盎然,并受到当时被称为文化艺术界一代怪杰辜鸿铭的教育,打下了古典诗词和英文的基础。

初见时,徐志摩是北大教授,凌叔华是即将毕业的优秀学生。这时的徐志摩早负有盛名,凌叔华亦在《晨报》副刊上发表《女儿身世太凄凉》等文学作品,开始在文坛崭露头脚。相互欣赏的两人,因着对文学的共同爱好而交谈甚欢。

当齐白石等人组织的北京画社正式成立,却因找不到开会地点而苦恼时,经商议,地点最终定在凌叔华家。泰戈尔与徐志摩等人亦前往凌家参加画会。在凌家,徐志摩与凌叔华有了更多的交流与了解。在之后的日子里,徐志摩亦常常前去凌家做客。他与她谈论文学,谈论书画,再到人生哲理,被彼此的才华与默契所折服。

在泰戈尔回国后,林徽因亦与梁思成偕同前赴美国留学。天性烂漫多情的徐志摩,对林徽因的苦恋终究落空。恋而未得的苦闷,让徐志摩烦闷不已,他的整个世界,因林徽因的离开而变得灰暗。

对于一个人来说,能够与之分享欢乐的人可谓是朋友,而能够与之共同承受苦难的才是知己。徐志摩与凌叔华相交的时间不过数月,两人却走得很近,友情日笃。当徐志摩想要倾诉心中的哀伤,发泄积郁的情感,他第一个想到的便是性格通透的凌叔华。备受折磨的徐志摩于是拿起笔写信询问好友是否愿意倾听自己内心的不愉袒露，凌叔华很快回信答应了徐志摩的请求。

不想你竟是这样纯粹的慈善心肠，你肯答应常做我的"通信员"。用你恬静的谐趣或幽默来温润我居处的枯索，我唯有泥首！我单怕我是个粗心人，说话不瞻前顾后的，容易不提防的得罪人；我又是个感情的人，有时碰着了枨触，难保不尽情的吐泄，更不计算对方承受者的消化力如何！我的坏脾气多得很，一时也说不尽。同时我却要对你说一句老实话。××，你既然是这样的诚恳，真挚而有侠性。我是一个闷着的人，你也许懂得我的意思。我一辈子只是想找一个理想的"通信员"，我曾经写过日记，任性的泛滥着的来与外逼的情感。但每次都不能持久。人是社会性的动物，除是超人，那就是不近人情的，谁都不能把挣扎着的灵性闷死在硬性的躯壳里。日记是一种无聊的极思（我所谓日记当然不是无颜色的起居注）。最满意、最理想的出路是有一个真能体会，真能容忍，而且真能融化的朋友。那朋友可是真不易得……我写了一大堆，我自己也忘了我说的是什么！总之我是最感激不过，最欢喜不过你这样温和的厚意，我只怕我自己没出息，消受不得你为我消费的时光与心力！

（摘自韩石山编《徐志摩书信集》，天津人民出版社，2013 年）

出身大家的凌叔华端庄稳重，温婉似水，认真倾听着徐志摩那些积淀在心底的话，那些无处可诉的话，并给予他热烈的回应。在信中，他跟她抱怨家事与烦闷，告诉她自己以头痛为借口逃课的生活点滴，与她探讨自己新作的诗。凌叔华成了徐志摩的"最满意、最理想的通信员"，成了他灵魂的倾听者。敞开心扉的徐志摩，并不介意将自己脆弱的一面袒露在凌叔华面前，由她安抚自己那颗哀愁与孤独的心。

在风气开放的民国，经历过新思潮洗礼的年轻人，不论男女，书信是他们彼此交往的常见方式。一个风流倜傥的诗人，一个风华绝代的佳人，不到半年的时间，两人之间的通信多达八十多封。凌叔华的回信擦拭了徐志摩心灵的伤口，他的精神得到了安慰，孤寂的心重新找到了依托，徐志摩逐渐从失去林徽因的痛苦中走了出来。

两人成为无话不说的挚友，徐志摩写给凌叔华的信，或调皮或华丽，如诗般的语言，寄托了彼此的深厚友谊。

当徐志摩的处女诗集《志摩的诗》即将付梓，扉页上的题词"献给爸爸"便出自凌叔华的手笔。凌叔华的此举，还引起了特别喜欢她的徐父的误会。而在以后当凌叔华的第一部小说《花之寺》出版时，从未为其他作者作序的徐志摩立刻为凌叔华的作品写了序言，这是他一生中唯一的一次为人作序。

多情的人是不甘为情所困的，当徐志摩爱上一代名媛且已为他人妇的陆小曼后，他便以全部的热情投入到了这段不被世俗接受的恋情中。在两人的爱情暴露于众人面前后，指责与反对铺天盖地而来，徐志摩与陆小曼成为众矢之的。

一开始凌叔华并不相信徐志摩恋上了有夫之妇陆小曼，不忍他陷入流言的旋涡中，凌叔华便写信给徐志摩的好友胡适，请求胡适劝说徐志摩让他暂且出国避开这个风头。徐志摩听从了胡适的建议，借由受邀而出游欧洲。

因为信任，所以托付。在去国外的前夕，徐志摩将一生之中最看重的日记和信件全部放在"八宝箱"内,交由凌叔华保管。当把"八宝箱"交给凌叔华时,徐志摩戏言道,若是他出国发生意外,她可以以此为材料写传记小说。徐志摩没料到的是,在几年后,竟一语成谶。

不久后徐志摩便选择了回国,并公开了与陆小曼的恋情,决定与已离婚的陆小曼结婚。没多久,两人便不顾众人的嘲讽与反对,走入了婚姻的殿堂。

在徐志摩与陆小曼搬到上海居住后,凌叔华托人将"八宝箱"交还给了徐志摩。不久后徐志摩再度将箱子交给凌叔华替自己保管。只是,此时的"八宝箱"多了一些东西:陆小曼的记录了自己对徐志摩的思念的两本日记、徐志摩由欧洲返国时坐西伯利亚铁路火车途经俄国时写的几篇稿件以及徐志摩于一九二五年至一九二六年间写的两本日记与他欧游期间写给陆小曼的情书。

"八宝箱"里的私人物品不便被他人看到,于是徐志摩便将箱子再次交给了凌叔华。在徐志摩意外逝世之前,箱子一直由凌叔华保存。徐志摩知道凌叔华会帮自己好好保管箱子,就如他对妻子陆小曼直言:"只有 L 是唯一有益的真朋友。""L"是凌叔华名字的首字母。

当凌叔华在《现代评论》刊物上发表小说《酒后》后,引起文坛的一阵骚动,凌叔华名气大增。《酒后》的发表,可说是凌叔华的成名之作,奠定了她在文坛上的地位。同年,凌叔华又发表了短篇小说《绣枕》等作品,且佳作频出,成为了闺秀派的小说名家。

凌叔华作品中语言之精美,心理描写之细腻,技巧之熟练,令人叹服。徐志摩称赞她为"中国的曼殊菲尔"。

曼殊菲尔是一位英国女作家，徐志摩与她虽只有二十分钟的交谈之缘，却对她一直怀着一份特殊的情感。在徐志摩的心中，曼殊菲尔代表了至纯与至美，她成为了他一生中的仰望。"像夏夜榆林中的鹃鸟，呕出缕缕的心血制成无双的情曲，即便唱到血枯音嘶，也不忘她的责任是牺牲自己有限的精力，替自然界多增几分的美，给苦闷的人间几分艺术化精神的安慰"徐志摩试图用诗一样的语言，来赞美红颜早逝的曼殊菲尔。她成为他心目中的天仙，"眉目口鼻子清之秀之明净，我其实不能传神于万一；仿佛你对着自然界的杰作，不论是秋水洗净的湖山，霞彩纷扱的夕照，或是南洋莹彻的星空，你只觉得它们整体的美，纯粹的美，完全的美，不能分析的美，可感不可说的美……"即使是大自然的最美杰作，亦不及曼殊菲尔纯美容颜的万分之一。

如此完美无瑕、容貌双全的一位女作家，在徐志摩的心中是无人能及的。此刻他却称赞凌叔华为"中国的曼殊菲尔"，且是最为真挚的赞扬。这份毫无保留的赞美与殊荣，徐志摩没有留给才貌兼并的林徽因，而是给了好友凌叔华，足见他对凌叔华的欣赏与重视。

或许徐志摩与凌叔华有可能从知己发展成为恋人，她走进过他的内心，懂他的多情，他依赖她的温暖，懂她的柔情。只是，谁能说知己不比恋人更适合他们呢？

人的一生中总是充满了意外，可是谁都没有料到，大好年华的诗人徐志摩竟会因飞机失事而罹难。当凌叔华听闻这一噩耗时，她不肯相信："我就不信，志摩，像你这样一个人肯在这时候撒下我们走了的。平空飞落下来解脱得这般轻灵，直像一朵红山棉（南方叫英雄花）辞了枝柯，在这死的各色方法中也许你会选择这一个，可是，不该是这时候！莫非你（我想在云端里真的遇到了上帝，那个我们不肯承认他是万能主宰的慈善光棍），他要拉你回去，你却因为不忍甩下我们这群等待屠宰的羔羊，凡心一动，像久米仙人那样跌落下来了？我猜对了吧，志摩？……你真的不回来了吗？"不敢相信，不甘相信，她相信他还会回来。

只是，当凌叔华亲自为好友书写了墓碑上的题记，她终究接受了他不会再回来的事实。然而，那一份锥心的疼痛，那一份刻骨的相思，却并不会随着好友的逝去而消散。

第二章

知我者徐君——徐悲鸿致齐白石

古人云:"世有伯乐,然后有千里马。千里马常有,而伯乐不常有。"幸运的是,齐白石遇上了小他三十二岁的徐悲鸿,他这匹"千里马"遇上了徐悲鸿这一"伯乐",于是木匠当上了大学教授,继而成为享誉世界的艺术大师。

白石先生大鉴:

画集接得一切皆就绪,惟制版须催赶方能早视厥成也。

先生重任教职,至以为慰。古言传薪,今叹学绝,且伸子贤者,愿先生与终始也。临书不胜神驰。敬颂道安

悲鸿笔,九月廿一日。

杨晢子患痫疾逝去已五日矣。

(摘自马明宸著《借山煮画齐白石的人生与艺术》,广西美术出版社,2013年)

齐白石与徐悲鸿的忘年之交,超越了年龄、艺术派别乃至艺术本身,成为画坛佳话。在徐悲鸿"三顾草庐"的盛情邀请下,年逾花甲的齐白石应允任教北平艺术学院。当得知齐白石曾自费石印过画册用来送人,徐悲鸿便亲自编辑并写序,出版了齐白石

的第一本画册。徐悲鸿对齐白石的敬重与深厚情谊，深深打动了齐白石，两位大师遂成为知音之交。

于二十世纪中国画坛上，徐悲鸿可谓是中西融合型画家的代表，齐白石则是传统型。两人的身份、性格、知识背景等都不相同，对绘画的理解、追求与探索亦存在差异，却成为胶漆之交。徐悲鸿与齐白石之间深厚不移的友情，于"求同存异"中淋漓演绎。

出生于普通家庭的徐悲鸿，父亲徐达章为能诗擅文会画的私塾先生，母亲鲁氏为平民劳动妇人。徐悲鸿从小便随父亲学习诗文书画，九岁时正式从父习画，每日坚持临摹晚清名家吴友如的画作一幅。

二十四岁的徐悲鸿在北洋政府的资助下，公费留学法国学习绘画。考入巴黎国立美术学校的他，受教于弗拉芒格先生，学习油画、素描。之后徐悲鸿游历西欧诸国，在西欧大师们的指导以及自己的不懈努力下，徐悲鸿的绘画水平有了很大的提高。长达八年的旅欧生涯，将他塑造成了一位拥有精湛绘画技艺的艺术大师。

学成归国的徐悲鸿致力于发展祖国的艺术教育事业。徐悲鸿与好友田汉等人筹办南国艺术学校，一九二九年九月，在蔡元培的推荐下，徐悲鸿担任北平大学艺术学院院长。

鉴于当时北平画坛守旧的美术传统，自觉担负起改良中国画、复兴中国美术的徐悲鸿开始酝酿教学改革，以期提高高等院校的绘画教学水平，并以"大胆吸收新的以写生为基础训练"为教学方向进行教员选聘。就这样，在绘画上敢于创新且不拘泥于成规的齐白石引起了徐悲鸿的注意。

齐白石为木匠出身，凭着天赋与自身的努力，成为了家乡有名气的雕刻木匠。在对绘画产生兴趣后，他开始学习绘画，同时学习篆刻。有所成就的齐白石走上了以卖画为生的道路。在与妻子结婚后，齐白石定居于北京。

仍旧以卖画维持生计的齐白石，在五十七岁时却对自己的工笔画越来越不满意，产生了"衰年变法"的想法。这在当时是出人料想的，支持者有之，不赞同者更多。年近花甲，对于画家来说，绘画早已守成固定。齐白石却一改自己熟稔的画风，试图往大写意方向发展。友人美术家陈师曾的支持与鼓励，更为坚定了齐白石的决定。

开始追求全新境界的齐白石，将故乡的花草虫鱼化作了一幅幅别开生面的作品。灵感来源于对生活的细微观察，鲜活的虾蟹、嬉戏的小鸡、飞翔的蜻蜓，在齐白石的画笔下，栩栩如生，惟妙惟肖。继承传统却不墨守成规，独秀一枝的艺术风格，展现了齐白石鲜明的艺术个性。

然而，齐白石在艺术风格上的锐变，遭到了众多画家的批评与责难。不落古人窠臼的齐白石之画作，在他们看来是没有源头的作品。且画风"如厨夫抹灶"，太过粗野，不能登大雅之堂。

即使遭受到众画家的轻视与批评，齐白石仍旧坚持独特的绘画风格。偶然间看到齐白石画作的徐悲鸿，被他在中国画方面的高深造诣所折服。当时保守派掌握着北平艺术学院的国画教学，徐悲鸿要想提高院校的绘画教学水平，培养更多的艺术人才，必须招聘敢于创新的教员。徐悲鸿决定聘请齐白石担任北平艺术学院教授。

徐悲鸿亲自拜访了齐白石，在北平西单跨车胡同齐白石的画室与之会见。三十多岁的徐悲鸿与六十来岁的齐白石一见如故，两人相谈甚欢。两人谈艺术，谈对绘画的见解，顿生相见恨晚的感触。两人在绘画方面的意趣惊人地一致，齐白石以日常所见为绘画素材，主张向大自然学习；徐悲鸿亦反对一味临摹，追求画作在似与不似之间。互相欣赏的两人，遂引为知己。

在一番轻松愉悦的聊天后，徐悲鸿提出了自己的来意，却不料遭到了婉拒。

齐白石明白自己不被众画家接受的孤立处境，以卖画为生的他，即使将自己的作品标价为一般画家价码的一半，却还是少人问津。被骂画作"俗气熏人"的他，又怎能在高等学府任教？

只是，在这次拜访后，徐悲鸿更坚定了邀请齐白石来校任教的决心。没过几天，徐悲鸿再次拜访齐白石，却还是被他谢绝。古有刘皇叔"三顾茅庐"，现在则是徐悲鸿"三顾画室"。当徐悲鸿第三次前来敦请齐白石，他的真诚打动了这位老人。徐悲鸿对他的高度赞赏与万分敬重，最终感动了齐白石，他答应了徐悲鸿的请求。

对于齐白石独特教学方式的顾虑，徐悲鸿应允他，他不需讲课，只需在课堂上给学生作画示范便可。

齐白石上课那天，徐悲鸿特意开车过来接送他。在齐白石之后的教学生涯中，徐悲鸿常常接送他，陪伴他上课，于炎热的夏天特意为他装一台风扇，于寒冬时则给他生只火炉，给予他无微不至的关怀。

对于学生考试成绩的定评，徐悲鸿完全依齐白石的意见。徐悲鸿不但在自己上课时赞扬齐白石，并拿出他的画作给学生欣赏。在一次画展中，当徐悲鸿发现齐白石的画作《虾趣》被主办方安排在一个不起眼的角落时，立刻要求将《虾趣》放到展厅中央，与自己的作品《奔马》并列放到了一起。徐悲鸿的作品《奔马》标价为七十元，他却亲自将《虾趣》的标价八元改为八十元，且在画作下方注明"徐悲鸿标价"几个字。徐悲鸿对齐白石以及画作的尊重与激赏，于实际言行中表露无遗。

在徐悲鸿聘用齐白石之初，便遭受了画坛保守派的反对。他们嘲讽与责难徐悲鸿将一个没有受过正规艺术教育，且为花雕木匠出身的老头聘为教授。随着流言蜚语的不断传播，他们的反对越发激烈。对徐悲鸿群而攻之的保守派认为他的做法侮辱了艺术，嚣张叫嚷徐悲鸿失职。

遭到排挤的徐悲鸿，不得已于第二年辞职南下。齐白石是知道他为聘请自己所遭受的非议与压力的，且他对自己的敬重，让齐白石感动不已。

在徐悲鸿辞别他时，齐白石画了一幅《月下寻归图》送给他，画面是一位身穿长袍、扶杖伫立的老人，这是齐白石的自写。在画上，齐白石黯然题了两首诗：

（一）草庐三顾不容辞，何况歌虫老画师。海上清风明月满，杖藜扶梦访徐熙。

（二）一朝不见令人思，重聚陶然未有期。深信人间神鬼力，白皮松外暗风吹。

徐悲鸿对他的知遇之恩，呵护之意，深深印在了他的心头。无须太多言语，两人对彼此的相惜之情意，不会忘怀。

徐悲鸿南下，先在南京中央大学任教，后选择出国游历。在艺术上有共同话题的徐悲鸿与齐白石，虽身居两地，书信往返不绝，联系不断。

当了解到齐白石没有正式出版过画册，徐悲鸿便亲自编辑并作序，委托上海中华书局的主要负责人舒新城，历时三年出版了《齐白石画册》。这是齐白石的第一本，亦是生前唯一一本以山水为主的画册。

在徐悲鸿的尽心竭力推崇下，齐白石的画作被越来越多的人所接受与赞赏。

昨日汉怀先生送来画扇，生趣洋溢，拜谢之至。初汉怀先生精书此扇，既竟，必欲得尊画相配。因托迪生兄矫悲鸿名义奉求大作，一面致书于鸿告知其事。彼知吾二人雅谊，翁必见允也。讵翁书到后彭书方到，遂陷迪生以捏造之嫌。是友人善意，顿成罪戾也。今得杰作，惟鸿一人便宜而已。伏恳先生勿责难迪生。拜祷无量。敬请道安。悲鸿顿首。

（摘自华天雪著《徐悲鸿论稿》，山东画报出版社，2014年）

这是发生在两人之间的一件趣事。如若不是深知徐悲鸿与齐白石的"雅谊",徐悲鸿的友人断然不敢亦不能假借他的名义向齐白石求得画作。对于友人这种"先斩后奏"的"捏造"之"罪戾",徐悲鸿有些许的尴尬,更多的是从中看到了齐白石对自己的深厚情谊。

感激于徐悲鸿对自己作品的认可与欣赏,齐白石每有佳作,必定寄给他。徐悲鸿乐于收藏齐白石的作品,经过多年的收藏,成为收藏齐白石画作最多的那个人。

白石翁尊鉴:

前奉一书,想已蒙察及。鸿下月必来平,无论如何,大作(尤其翁得意之作)不可让他人购去。至祷。因有绝大意义也。敬叩道安。悲鸿顿首。十月廿六日浔阳江上,虾蟹小鸡之类册页请多作几幅,托吾购翁画者皆至友,不同泛泛。

(摘自华天雪著《徐悲鸿论稿》,山东画报出版社,2014年)

每次前往北平,徐悲鸿定会告知齐白石,前去拜访他。徐悲鸿一生收藏齐白石的画作有百余件,葫芦、牵牛、芭蕉以及小鸡、鱼蟹、虾米等为主题的画作,件件精湛了得,坊间不可多见。在收到齐白石的画作后,徐悲鸿会给他寄去稿酬。不但自己收藏,他还发动好友们收藏。

在齐白石作品的推介上,徐悲鸿是贡献最大的人。在出国游历途中,不论是赴欧巡展,抑或是远赴南洋开展筹赈活动,徐悲鸿通过办画展等方式,向世界各国人们介绍中国近代绘画,其中包括他自己以及齐白石等众多中国著名画家的作品。可以说,齐白石的作品走向国际,齐白石成为世界文化名人,徐悲鸿所起的宣传作用是极大的。

回国后的徐悲鸿,仍旧不遗余力宣传齐白石的画作,如在重庆时为他举办的《齐白石画展》。

齐白石是不屑于应酬的,尤其是北平画坛的应酬。特立独行的他,一向过着深居简出的生活。然而,但凡是徐悲鸿在北平举办的活动,不论是办画展还是宴请朋友,齐白石一般都会出席。因为在意,所以会为对方妥协,且甘愿。

善于篆刻的齐白石,会特意为徐悲鸿雕刻印章。"江南布衣""吞吐大荒""荒谬绝伦"等印章,以及一枚一寸九分方形大型名章,都是齐白石赠送给徐悲鸿的。徐悲鸿很是喜欢这些印章,且经常使用。

除了互赠佳作外,齐白石与徐悲鸿常在一起作画,并合作画。徐悲鸿擅长画猫,齐白石常画鼠,两人便合作了一幅《猫鼠图》。一次一位年轻人向徐悲鸿讨画,欣然答应的他须臾间便画了两只公鸡,没想到突然停电,此画便搁置了。直到徐悲鸿突然病逝,此画也没有完工。几年后年轻人找到齐白石,九十多岁的齐白石答应帮他补全画作。齐白石补画了石头与兰花,整幅画浑然天成,趣味盎然,这幅画亦成为两人合作的绝响。

徐悲鸿在齐白石的事业上给予了他极大的帮助,同样悉心照顾他的生活。

白石先生：

　　兹着人送上清江鲥鱼一条，粽子一包。并向先生拜节，鲥鱼请嘱工人不必去鳞，因鳞内有油，宜清蒸，味道鲜美。

　　敬祝节禧

　　　　廖静文、徐悲鸿

五月初四

（摘自马明宸著《借山煮画齐白石的人生与艺术》，广西美术出版社，2013年）

　　在端午节来临之际，徐悲鸿送给齐白石一条珍稀名贵的鲥鱼以及一包粽子，并细心告知鲥鱼的最佳做法。徐悲鸿对齐白石的关怀，带给了他诸多温暖与感动。在齐白石的生活中，徐悲鸿成为那个一直"协助处理"的有心之友。

　　当服侍齐白石七年之久的护士夏文姝负气离开之后，年届九十的齐白石很是感伤，生活也出现不便。没有办法的齐白石找到徐悲鸿，徐悲鸿立刻让妻子去找寻夏文姝，在多番劝说无效后，徐悲鸿便几次登报招聘新的护士。年老的齐白石信任依赖着徐悲鸿，徐悲鸿尽心照料着他。两人不是亲人，却胜似亲人。

　　一九五三年九月，五十九岁的徐悲鸿不幸脑溢血而病逝。"我一生最知己的朋友，就是徐悲鸿先生。"因担心年事已高的齐白石接受不了这个噩耗，便编出各种借口瞒着他。时间一长，齐白石察觉出了异样，他不再询问什么，却变得越发沉默。当这个残酷的真相大白于齐白石面前,这位九十六岁的高龄老人眼噙泪水,坚持要给已故的知己"跪拜"和"深深地鞠躬"。

情意深深深几许,在感动与感恩中,这份令人动容的情谊,悠远绵长永无限。

第三章

一生的牵挂——老舍致赵清阁

文人之间,文字相牵。他是名作家老舍,她为名作家赵清阁,两人一起合作剧本创作,共同署名,编织了一段如水晶般纯洁的友谊。他欣赏她的勇敢,她倾慕他的才情,他与她在彼此的人生中占据了特别的一隅,而那段超乎一般朋友的深厚情谊,温暖了两人的心,却只能"成追忆"。

珊:

快到你的寿日了:我祝你健康,快活!

许久无信,或系故意不写。我猜:也许是为我那篇小文的缘故。我也猜得出,你愿我忘了此事,全心去服务。你总是为别人想,连通信的一点权益也愿牺牲。这就是你,自己甘于吃亏,绝不拖住别人!我感谢你的深厚友谊!不管你吧,我到时候即写信给你,但不再乱说,你若以为这样做可以,就请也眼中写几行来,好吧?我忙极,腿又很坏。匆匆,祝长寿!

克
一九五五年四月二十五日

果来信,不必辩论什么,告诉我些工作上的事吧,我极盼知道!

(摘自老舍著《老舍全集》15散文·杂文·书信,人民文学出版社,2013年)

心有情，笔下的文字便有了温度。在赵清阁诞辰之际，老舍寄去自己的祝福。"珊"是老舍对赵清阁的称呼，"克"是赵清阁对老舍的称呼，两者来自赵清阁根据英国小说家勃朗特的《呼啸山庄》改编的剧本《此恨绵绵》中的两位主人公苡姗和安克夫的简称。志趣相合的两人，并不因彼此年龄相差十六岁而有所隔阂。这段深情的忘年之交，在彼此的世界中留下了不可磨灭的记忆。

老舍本名舒庆春，字舍予，年幼时失怙，一家依靠母亲替人洗衣服等杂活维持生计。九岁的老舍得人资助始入私塾，后考取公费的北京师范学校，毕业后任教于北京、天津中学。二十三岁的他开始在报刊上发表小说，在留学英国归国后，成为齐鲁大学、山东大学的教授。

抗日战争的爆发，是中国历史的转折点，亦是老舍人生的转折点。抗战时期，老舍只身前往武汉任职中华文艺抗敌协会总负责人，在这里，他遇到了志同道合的赵清阁。

赵清阁的一生是传奇的。出身于书香门第的她，没有享受过太多家的温情。五岁时慈爱的母亲病逝，幼小的她被寄养在进士出身的舅舅家。八岁的她于省立信阳女师附小念高小，并接触了五四运动的新文艺。十五岁的她无意间听到了父亲与继母要将她退学嫁人的谈话，便怀揣仅有的祖母赠予的四块银元，毅然离家出走。

虽然没有经过专门的训练，赵清阁却考上了开封艺术高中。在这里，赵清阁主修绘画，并阅读了不少的中外文学名著，对创作产生浓厚的兴趣。十六岁的她第一次向报社投稿便得到发表，这更加激发了赵清阁的创作热情。之后的她以半工半读的方式，在学习的同时,任职于各报刊,并尝试剧本创作,且有所成就。

抗战的爆发,让流亡的爱国知识分子齐聚一堂,共商救国大业。一九三八年,赵清阁来到武汉,参与了中华全国文艺界抗敌协会,并主编《弹花》文艺月刊。"弹花",即寓意抗战的子弹,开出胜利之花。

在"文协"的筹备过程中,老舍与赵清阁相识。当以笔为武器的老舍被推举为"文协"的理事兼负责人,赵清阁则成为老舍的秘书。

在频繁的交往中,赵清阁与老舍相谈甚欢,并热情向老舍约稿。对这个比自己小且既有男子气慨,又不乏女性温柔的女青年,老舍不无好感,爽快答应了她的约稿。老舍的专稿《我们携起手来》成为《弹花》创刊的头条。

在不长时间的交往中,两人对彼此有了更多的了解,好感亦更深。老舍读懂了赵清阁身上的豪气与倔强,赵清阁钦佩老舍的幽默与睿智,志趣相投的两人,给彼此留下了深刻的印象。

是年夏,因日军加强了对武汉的袭击,国民政府下令各机关社团往后方撤退。赵清阁决定退往四川重庆,继续出版自己主编的《弹花》文艺月刊。得知赵清阁要远行,老舍特意为她饯行。"到后方只要不是苟且偷生去,无论直接间接,只要是帮助抗战的工作,都有价值。一个拿笔杆的人,事实上不可能执枪荷弹。"席间,老舍的一番肺腑之言,给予了赵清阁鼓励。对于老舍对自己的无条件信任,赵清阁很是感动,更坚定了自己的入川决心。

武汉再次告急,老舍与几位好友于次月来到重庆。老舍与赵清阁两人重逢于山城。于山城,赵清阁继续主编《弹花》,并得到老舍的大力支持。当她为杂志缺有分量的文章而愁苦时，老舍会挺身而出写文。在两年多的时间里，老舍成为在《弹花》上发表文章最多的人，总共写了十篇诗文。

因处于抗战时期，《弹花》杂志发行不畅，华中图书公司老板决定停刊《弹花》，并计划出版发行"弹花文艺丛书"，由赵清阁主编。

热衷于发展抗战文化事业的赵清阁应允了老板的要求，并邀请老舍加盟"弹花文艺丛书"。在赵清阁开列的十位作家名单里，老舍排在第一位，而在计划出版的十册书籍中，之后老舍负责撰写的话剧剧本《张自忠》最先出版。

尽管老舍在小说创作方面有极高的天赋，撰写剧本时却不那么得心应手，戏剧经验丰富的赵清阁便给他提出修改意见。

忙碌于"文协"的工作，老舍却还是抽出时间来支持赵清阁的事业，赵清阁则以最重视老舍的作品以示回报。在这种互帮互助中，两人的关系更为密切。

当老舍及一些作家搬到北碚居住后，老舍与赵清阁比邻而居。

在老舍完成《大地龙蛇》《归去来兮》《谁先到重庆》等几个剧本后，深切感到自己缺少舞台经验。他擅长写对话，而赵清阁对戏剧有深刻的研究，懂得剧本中人物在舞台上的表现，老舍有了两人合作剧本的想法。在老舍的邀请下，老舍、赵清阁以及抗日伤残军人萧亦五开始了合作剧本的尝试。萧亦五负责构思战场故事，赵清阁考虑结构，老舍则负责台词。在集体创作的剧本《虎啸》取得成功后，老舍与赵清阁两人再次合作剧本《桃李春风》。

为了纪念一九四三年度的教师节，老舍与赵清阁两人开始了《桃李春风》剧本的创作。两人共同构思情节，然后老舍将故事梗概写出来，赵清阁负责分幕。在两人合作写完第一、二幕时，赵清阁因患盲肠炎而疼痛不已，继而因割治盲肠而住院。老舍带着第一、二幕的原稿来到医院看望赵清阁，赵清阁在病床上草写了第三、四幕，文字的加工与润色全由老舍完成。最后赵清阁在全剧对话上加注动作，剧本完成。

当剧本最终定稿后，老舍突然同患盲肠炎。在赵清阁的等友人的陪伴与照料下，老舍顺利完成手术。

在老舍住院期间，《桃李春风》由中电剧团排练演出，圆满落幕。剧本塑造了满怀民族自尊和爱国之情的教师形象，演出后获得了优秀剧本的荣誉以及两万元奖金。

两人的默契配合与努力，剧本才得以高质量完成。在合作剧本的这段过程中，老舍与赵清阁走得很近。并肩战斗的两人，形影不离，以致两人的名字总是联系在了一起。在朝夕相处中，两人的友情迅速升温。

许是好友的鼓励，在这一阶段，赵清阁写作了大量作品。老舍亲自为赵清阁的小说《凤》作序，在序中，老舍用连续三句"她是勇敢的"，高度赞赏了赵清阁为抗战文化事业做出的贡献。赵清阁的勇敢、执着和努力，打动了老舍的心。他写下一首五言绝句赠送给她：清阁赵家璧，白薇黄药眠。江村陈瘦竹，高天藏云远。全诗由八个人名联成，无一虚字。诗的绝妙以及诗中的情义，感动了赵清阁，而对于老舍的才华，她佩服不已。

老舍妻子的到来，使得原本坦然的老舍与赵清阁倍感尴尬。赵清阁是倾慕老舍的，倾慕他的才华，欣赏他的品性，感激他给予自己的帮助与温暖。而朝夕的温情相处，合作中的默契与配合，生活中的相同志趣，这一切早已变成了老舍的习惯。他与她之间的情感，超越了友情，不同于爱情，最纯亦最真。

不忍心看到老舍为难，赵清阁选择退出他的生活。她迁居到了重庆市区的神仙洞街。不习惯自己的世界突然没有了老舍的身影，陷入苦闷中的赵清阁，在冰心的安慰下，将全部心力转移到把《红楼梦》改编为话剧上。

抗战胜利后，赵清阁决定回上海。老舍与画家傅抱石前来送行。傅抱石赠予赵清阁《红枫扁舟》册页一帧，上面有老舍题写的一首五绝：风雨八年晦，霜江万叶明。扁舟载酒去，河山无限情。曾经，已成美好回忆；再见，又该是另一番风景。

回到上海的赵清阁担任《神州日报》副刊《原野》的主编。当于一九四六年一月一日推出新的一期时，老舍的旧作七绝《新年吟》显然在目。过往的日子不复返，回忆却永存。别样的怀念方式，远方的他该是懂得的。

受美国国务院邀请，老舍等人赴美讲学。赵清阁出席了"文协"上海分会为老舍等人举行的欢送会，并送老舍至船舱。赵清阁久久注视着缓缓离开的轮船，直到它消失在视线外。

不久后《文潮月刊》创刊，赵清阁任编委，并开始在刊物上连载《桃李春风》一剧。后来，在刊物的"文坛一月讯"栏目，常常载有老舍在美国的动态。

即使分别,却还是不由自主关注着他的一切。那一份绵长的深情,不言而喻。是惺惺相惜之情?抑或是日久生情?或许都有,但这些已不重要。他与她,对于彼此来说,永远是特别的那个。

新中国成立后,一切方兴未艾,急需要老舍这样的世界级文化名人为国家服务。本打算留在国外从事著述的老舍,在接到赵清阁受组织所托敦促老舍等作家回国的信后,不久便回到祖国。

即使曾经有过心的悸动,待老舍回国后,两人恢复到知己的关系。忙于各自事业的两人,不能经常相见,只能寄情于笔墨。

清弟:

我已回京月余,因头仍发晕,故未写信。已服汤药十多剂,现改服丸药(自己配的,不是成药),头部略觉轻松。这几天又忙,外宾甚多,招待不清。家璧来,带来茶叶,谢谢你。

昨见广平同志,她说你精神略好,只是仍很消瘦,她十分关切你,并言设法改进一切。我也告诉她,你非常感谢她的温情与友谊。

你的剧本怎样了?念念!马上须去开会,不多写。

北京市文联已迁至:北京西长安街三号。

祝健!

舍

一九五六年十月二十日

(摘自老舍著《老舍全集》15 散文·杂文·书信,人民文学出版社,2013 年)

还未完全适应国内的生活,身体稍转好,老舍便忙里偷闲,迫不及待写信给赵清阁。本想在美国做出一番事业的老舍，收到她的信，便毫不犹豫选择回国。如果不能看到她的身影，他该有多寂寞。人生难得一知己，老舍遇到了赵清阁，在心动的刹那，是想过两人走到一起的。只是，只要能天长地久，何必在意是以怎样一种身份呢？

清阁：

  昨得家璧兄函，知病势有发展，极感不安，千祈静养，不要着急，不要苦闷。治病须打起精神去治，心中放不下，虽有好药亦失效用！练练气功，这能养气养心，所以能治病！韫如等赴沪演出二月，已动身矣。前者，舒绣文在沪时，曾有名医为她诊治。她亦将赴沪，请向她打听。我回京即大忙，精神不够用！匆匆！祝吉！致敬！

                 舍

            一九六四年十一月十八日

（摘自老舍著《老舍全集》15 散文·杂文·书信，人民文学出版社，2013 年）

  分隔两地的两人，却时刻关注着对方，关心着对方。当知道赵清阁生病，老舍极为担忧。"千祈静养，不要着急，不要苦闷"，他细细叮嘱，温情安抚，给她提建议。即使忙得脱不开身，他还是会抽出时间伏案写就一封封信，传递他的关怀。

  当那场"文化浩劫"吞没了老舍的生命后，赵清阁从此"晨昏一炷香，遥祭三十年"。最美的，莫过于曾经；最惹人断肠的，莫过于回忆。她成为他一生的牵挂，而终身未嫁的她，则用尽余生来怀念他。

第四章

同声相应，同气相求——鲁迅致许寿裳

古有"管鲍之交"，民国有鲁迅与许寿裳的莫逆之交。鲁迅与许寿裳两人为同乡、同学和同事，更为兄弟。他们之间有着乡情、同窗之谊，更有着兄弟之情。从相识、相知到成为一生挚友，两人"同声相应，同气相求"，相知相得，相依相助，成为生死之交。

季市兄：

因昨闻子英登报招寻，访之，始知兄曾电询下落。此次事变，殊出意料之外，以致突陷火线中，血刃塞途，飞丸入室，真有命在旦夕之概。于二月六日，始得由内山君设法，携妇孺走入英租界，书物虽一无取携，而大小幸无恙，可以告慰也。现暂寓其支店中，亦非久计，但尚未定迁至何处。倘赐信，可由"四马路杏花楼下，北新书局转"耳。此颂

曼福。

弟树顿首二月二十二日

乔峰亦无恙，并闻。

（摘自鲁迅著《鲁迅全集编年版第6卷1929-1932》，人民文学出版社，2014年）

当日军侵犯上海的一·二八事变爆发时，鲁迅正身处上海。

担心挚友的安危，却因为战乱而不得音信，心忧如焚的许寿裳只得求助朋友登报寻觅。当脱离险境的鲁迅看到报纸上的寻人启示，便立即给挚友许寿裳回了信，告知他自己性命无忧。战乱无情人有情，知道有那么一个人时刻挂念着自己，为自己担忧不已，即使身处于战火硝烟中，鲁迅的心也是感到温暖的。而收到回信得知挚友幸运逃离了这场大劫的许寿裳，久久悬着的一颗心终于落定。

许寿裳字季黻，也常写作季第、季市，生于浙江绍兴，与鲁迅家不过相隔二三华里，但少年时的两人并不相识。许寿裳早年就读于绍郡中西学堂接受新式教育，之后转入杭州求是书院，师从宋平子，并在他的启迪下加入革命团体浙学会。二十岁的许寿裳考取了浙江官费日本留学，入东京弘文学院补习日语。在这里，他结识了一生的挚友鲁迅。

比许寿裳大两岁的鲁迅早他半年来到日本留学，同在弘文学院学习日语。两人同校不同班，鲁迅在江南班，许寿裳在浙江班，但两个班级相邻。此前两人并不相识，此时一见如故。

在许寿裳来到东京的第一天，他便把"烦恼丝"剪掉了。许寿裳是浙江班第一个剪辫子的留学生，在他的激励下，鲁迅亦成为了江南班剪掉辫子的第一人。

难掩剪辫喜悦心情的鲁迅，特地拍摄了自己的断发小像赠给许寿裳，并在照片后题写了一首明志诗：灵台无计逃神矢，风雨如磐暗故园。寄意寒星荃不察，我以我血荐轩辕。共同的救国志向，将两人更为紧密地联系到了一起。

当国学大师章太炎避地东京后，鲁迅与许寿裳等留学生共同授业于他的门下。两人一起"赴会馆,跑书店,往集会,听讲演",深度交流,纵谈国事,博览群书。因为经济拮据,两人又酷爱书籍,便相约彼此不买同样的书,然后互相借阅。

真正的朋友,是不介意为对方付出的。在回国后,爱书的两人亦经常买书,有时互为购买,为对方垫付书款,却不索要费用。当许寿裳需要购买一些难买的书籍时,鲁迅便让留在日本的二弟周作人为其代购,书款由鲁迅汇寄,且表示"此款今可不必见还"。鲁迅知道好友爱看李慈铭的文章,便搜得曾之撰刻《越缦堂骈体文集》四册给他;鲁迅酷爱李贺的诗,许寿裳则为其广搜李贺诗集的各种注本。因为在乎对方,所以乐意为其效劳。

在日期间,许寿裳曾任职《浙江潮》的主编,在他向好友鲁迅约稿后,不过一天的时间,鲁迅便撰写了一篇颇有深意的文章《斯巴达之魂》。许寿裳在感激好友帮助的同时,不得不佩服鲁迅的才思。之后鲁迅继续为杂志撰稿,不但补充了杂志稿源,亦获得了一些稿费收入。

有感于当时中医落后于西医,鲁迅决定前往仙台医学专门学校学习西医。他给许寿裳写信,告诉他自己初动手术时的不安与最终战胜心理障碍的勇气,以及学医途中遇到的欢喜与忧虑。只是,一年半后,鲁迅便愤而退学,回到东京。鲁迅看清了国人的麻木,如若不能医治国人的精神,只医治身体是救不了国家的。鲁迅决定弃医从文,他要用文字唤醒国人。

对于挚友鲁迅的这一决定,许寿裳表示支持。"季茀他们对于我的行动,尽管未必一起去做。但总是无条件地承认我所做的都对。"能够遇到一个无条件支持你、理解你的人,并不容易,鲁迅是幸运的，他遇到了许寿裳。

决定从文的鲁迅与许寿裳以及周作人阅读了大量西方哲学、社会科学著作和文艺作品，并准备创办杂志加以介绍。经过商议，三人决定立刻采取行动。只是，光凭三人是很难办杂志的，而且他们缺乏资金，于是三人积极寻找更多的志同道合的人投入到这一事业中。经过努力，更多的人加入了创办杂志的事业中。取"新的生命"之寓意，杂志名称为"新生"，不多久，杂志的封面以及插图安排好了，出版期也定了下来。然而，临近出版期，一些担任文稿的人退出了合作，有人撤走了资本，最后只剩下鲁迅、许寿裳以及周作人三人。没有撰稿人又失去了资金支持，杂志最终没能办成。

虽然没能办成杂志，鲁迅仍然以极大的热情投入到文学创作中，写出了好几篇重要论文，并与周作人合作翻译了一些东欧和俄国的短篇小说，即著名的《域外小说集》。此时许寿裳亦尝试创作，并在河南留学生所办的《河南》月刊上发表《兴国精神之史曜》这一长文，该文署名毓其，是鲁迅为他所取的笔名。

随着革命气势的不断高涨，一九〇八年，鲁迅与许寿裳一起加入革命团体光复会，并参加革命活动。面对国家危亡的困境，两人在《在留东京绍兴人寄回同乡公函》上签名，劝导同乡人出国留学，以便学成归国而救国救民。

在弘文学院两年后，许寿裳考入了东京高等师范学校。当他结束了东京高师的学业后，准备留学德国，鲁迅亦有相同的想法。许寿裳在西片町租了一间住宅，与鲁迅、周作人以及另外三个学生同住，五人称住宅为"伍舍"。

"伍舍"里有一个宽阔的庭院，从小便喜爱植物的鲁迅便与许寿裳一起来种花草。庭院栽种了四季不同的花草，芳草萋萋，给五人的生活带来了诸多乐趣。

此时许寿裳与鲁迅仍旧就学于章太炎门下，两人每天同进同出，一起去听章太炎的课，一同学习德文，一同购书读书，形影不离。

当许寿裳去往德国留学后，因周作人的学业未结束，鲁迅与周作人继续留在日本。只是，许寿裳的欧洲游学不多久，便因留欧学生监督蒯礼卿辞职而失去了学费支持，只得临时终止欧洲游学而回国。

归国后的许寿裳应邀担任杭州浙江两级师范教务长。因二弟周作人即将结婚而需要更多的开支，鲁迅决定回国谋事，以便资助二弟。在许寿裳的推荐下，回国后的鲁迅得以担任浙江两级师范学堂教员，两人成为同事。在这里，两人积极倡导科学，共同面对学校"风潮"，同进退共艰难，坚决与封建势力做斗争。

在杭州的一年里，鲁迅极少出去游览。鲁迅对西湖美景并不感兴趣，但却不会拒绝好友许寿裳的游湖邀请。对于鲁迅来说，许寿裳成为那个特别的人。

同样，鲁迅对于许寿裳来说也是特别的人。当许寿裳的长子五岁准备上学时，按照习俗，在儿子上学前必定要挑选一位品学兼优的人做儿子的开蒙先生，教他识方块字，借此希冀儿子能够得到开蒙先生品学的熏陶。鲁迅被许寿裳敦请为了长子的开蒙老师，并教好友长子认了颇有寓意的"天"与"人"这两个方块字。后来在许寿裳长子考入国立清华大学就读中国文学系，向鲁迅请教该看哪些书，鲁迅非常乐意为他开了一张书单。

辛亥风云起，清王朝的历史就此终结。当南京国民临时政府成立后，就任教育总长的蔡元培邀请许寿裳前往南京任职部员。在许寿裳到达南京工作后，便向蔡元培推荐鲁迅。厌恶绍兴不良政治风气的鲁迅，在接到蔡元培的邀请后即刻来到南京，许寿裳与鲁迅再次成为同事。

一起工作的鲁迅与许寿裳，昼则同桌办公，夜则联床共话，暇时则同访图书馆，两人的感情更深。当这年五月教育部北迁，鲁迅与许寿裳随部北上。

两人的距离足够亲密，以致影响了彼此。当鲁迅开始看佛经后，许寿裳也读佛经。两人经常在一起探讨佛经，交流彼此的感想与收获。

一九一七年秋，许寿裳被教育部任命为江西教育厅厅长，就此他与鲁迅分别三年。

刚到任不久的许寿裳便写信给鲁迅，告诉他自己想要为江西教育事业出力的想法，并请教挚友该如何建立工作法则。两人信件来往频繁，一直保持着密切的联系。

在许寿裳任职于江西的第二年，妻子沈慈晖携带五个子女前来。只是，一家人相聚不到半月，沈慈晖便患病去世。当鲁迅得知噩耗后，即刻去信告慰好友。

季市君足下：

日前从铭伯先生处得知夫人逝去，大出意外。朋友闻之亦悉惊叹。夫节哀释念，固莫如定命之谭，而仆则仍以为不过偶然之令，吊慰悉属肤辞，故不欲以陈言相闻。度在明达，当早识聚离生死之故，不俟解于人言也。唯经理孺子，首是要事，不知将何在善其后耶？《新青年》第五期及启孟讲义前日已寄上。溽暑尚自珍摄。

仆树顿首

六月十九日

（摘自鲁迅著《鲁迅全集编年版第1卷 1898-1919》，人民文学出版社，2014年）

  不同于普通吊唁的套语，鲁迅用最直接的语言，给予好友最真切的安慰。既不是言语上的哀伤，也没有漠不关心，"度在明达，当早识聚离生死之故"，人之生死，是不可逆转的规律。不畏生死，才能看得如此通透。许寿裳能做的，便是打起精神来照料子女。

  然而噩梦并未就此放过许寿裳，在他妻子沈慈晖逝世不到一个月，他的二女与三女相继患病夭殇。还未从丧妻的悲痛中走出，便又陷入了丧子的哀痛之中，许寿裳悲痛不已。

  鲁迅再次立刻去信告慰好友。因为心意相通，所以能切身体会好友的哀痛。"人有恒言：'妇人弱也，而为母则强。'仆为一转曰：'孺子弱也，而失母则强。'"鲁迅用激励的话语，鼓励好友化悲痛为力量，乐观看待人生的不幸。当一个人陷入极端的悲痛之中，所有善意安慰的言语是苍白无力的。鲁迅却用真挚的话语，触动了好友内心深处的柔软，给予好友希望与力量。

  在之后的日子里，鲁迅会写信给好友，与他商讨关于好友长子的教育问题，并提出了很好的建议。死者已矣，许寿裳所需要做的，便是更好地生活下去。

当身在江西的许寿裳偶然在《新青年》杂志上看到笔名为"鲁迅"的人发的一篇文章《狂人日记》，为文章的尖锐批判封建礼教而震撼，又为文章于绝望中寓含希望而感动。《狂人日记》是鲁迅第一次用"鲁迅"这个笔名，此时的许寿裳还不知道"鲁迅"便是挚友，可他觉得文章很像挚友的手笔，他不相信世间还有另一个如挚友般的人，于是写信询问鲁迅，结果如许寿裳所猜想的那样。

要怎样的默契，才能对一个人的文笔与思想这般了解？心意相通的许寿裳与鲁迅，即使不需言语，也能明白彼此的所想所悟。

鲁迅知道好友对自己作品的支持，每当出版自己著译编印的书后，便赠给好友，且题字以示自己的心意。

患难见真情。在鲁迅与二弟周作人失和并搬出"八道湾"住宅后，因再次购房而用掉了本就不多的积蓄，鲁迅的生活陷入了困顿中。许寿裳与鲁迅的另一位友人借给鲁迅四百元大洋，帮助他度过了这一困窘时期。

一九二三年，许寿裳在担任北京女子高等师范学校校长后，立刻聘请鲁迅等学者前来授课。当驱逐校长杨荫榆的"女师大风潮"爆发时，鲁迅坚定地站在学生这边并为学生助威。鲁迅的正义行为却遭到了教育总长章士钊的惩罚而被免职，为好友打抱不平的许寿裳，随即与齐寿山在《京报》上联名发表《反对教育总长章士钊宣言》，同样被免职。

尽管被免职，鲁迅与许寿裳仍旧支持学生的运动。当段祺瑞政府虐杀徒手请愿的学生的"三一八"惨案爆发后，怒不可遏的鲁迅撰写了《可惨与可笑》《记念刘和珍君》等文章，尖锐声讨北洋军阀的凶残。不久后，作为受迫害学生的坚强后盾的鲁迅与许寿裳，同被段祺瑞政府密令为通缉人员。为了逃离是非之地，两人陆续南下。

鲁迅先至厦门大学执教，随后任职与中山大学。经他的推荐与邀请，许寿裳不久亦来到中山大学任教。当"四一二"反革命政变发生后，鲁迅因营救被捕学生无效，为抗议国民党反动派的暴行，愤然从中山大学辞职。一直支持挚友正义行为的许寿裳，同时辞职。

广州一别，两人各奔东西。在蔡元培创办大学院并任院长后，许寿裳应聘出任秘书长，之后改任中央研究院院长，成为协助蔡元培推行新教育的积极实践者。定居于上海的鲁迅则全身心投入到文学创作中。

此时的鲁迅没有正式的工作，经许寿裳推荐，蔡元培聘请鲁迅担任大学院特约著作员。虽然鲁迅并未为大学院写过多少著作，每月却固定获得三百元大洋的补助费，在很长一段时间里保障了他的生活。

来回奔波于南京与北京的许寿裳虽然不能与鲁迅朝夕相处，但每次途经上海，必定会拜访挚友。在鲁迅生命最后的十年里，两人一直保持着通信联系。

信任其实很简单，当需要好友帮助时，可无所顾虑求助于他。当许寿裳的三女在嘉兴患扁桃腺炎，远在北京的他不能回家照顾女儿，许寿裳便让家人往访鲁迅住所，烦他介绍医师。

二十三日嫂夫人携世玚来。并得惠函，即同赴篠崎医院诊察，而医云扁桃腺确略大，但不到割去之程度，只要敷药约一周间即可。因即回乡，约一周后再来，寓沪求治。如此情形，实不如能割之直捷爽快。因现在虽则治好，而咽喉之弱可知，必须永远摄卫；且身体之弱，亦与扁桃腺无关……前之所以往篠崎医院者，只因其有专科，今既不割，而但敷药，内科又须另求一医诊视，所费颇多，实不如另觅一兼医咽喉及内科者之便当也。弟亦识此种医生，俟嫂夫人来沪时，当进此说，想兄必亦以为是耳。又世玚看书一久，辄眼酸，闻中国医曾云患沙眼，弟以问篠崎医院，托其诊视，则云不然，后当再请另一医一视？或者因近视而不带镜，久看遂疲劳，亦未可知也。舍下如常，可释远念。匆布，即请道安。

（摘自鲁迅著《鲁迅全集编年版第8卷1934》，人民文学出版社，2014年）

对于好友的求助，鲁迅是义不容辞的。鲁迅多次带着好友女儿前往不同医院，除了医治好友女儿的扁桃腺炎，因她体弱，鲁迅便向好友提议带她女儿去检查内科，并耐心为她打点好一切。将家人托付给挚友，许寿裳极为放心。而挚友对女儿的细心照顾与备至关怀，让不在女儿身边的许寿裳十分感动。

在鲁迅逝世的前一年，一向不肯出门应酬的他不惜耽误译作，偕同妻儿出席了好友许寿裳长女的婚礼。"我有鲁迅、蔡元培先生这样两个知己，一生总算没有白过。"许寿裳的深情告白，倾诉了他与挚友间的情深。

挚友鲁迅病逝时,许寿裳不在他的身边。当噩耗传来,许寿裳不禁失声恸哭。从此,他再也收不到挚友的来信了。

在失去挚友的岁月里,许寿裳一直致力于鲁迅文稿的收集、整理与出版,为继承与发扬鲁迅的精神而勤于著作。不惧反动派的攻击与威胁,宣传鲁迅的思想成为许寿裳矢志不渝的事业,直至因此而殉难。

第五章

你拥有我的全部友谊——巴金与冰心

他与她同为文学大师,他唤她为"冰心大姐",她呼他为"巴金老弟",不是姐弟胜似姐弟。他与她有着世纪友谊,是惺惺相惜的文友,更是彼此扶持的知心人。天南地北,阻止不了对彼此的想念;岁月匆匆,唯有加深对彼此的牵挂。这一段天长地久的友谊,跨越了时空的界限。

巴金老弟:

  昨天上午从我的展览会回来,就得到你7月6日的信,昨早我在会里看见了你让他们送我的花盆,又听说你有祝贺的电话来,真是太感谢你了。昨天的会上相当热闹,朋友不少,鲜花也多,有几位朋友讲了话,但都在我去以前,他们只让我坐轮椅上在会场转了一周,半个小时就回来了,回来后读到你的信,你的真话,使我感动,就那么写吧,几十个字就可以了。"人生得一知己足矣!"

  你写字困难,事情又烦,不要回信了,让香香写就行,告诉香香我谢谢她的贺电,他们已把它陈列上去了,吴青请你鼓励,我以为不如控制她,这孩子太任性,总有一天……

  请你保重!!问端端、暄暄和一家好!

冰心　7、13、1988

(摘自李朝全,凌伟清主编《世纪知交:巴金与冰心》,团结出版社,2016年)

七十余年的友谊，从一见如故到"人生得一知己足矣，斯世当以同怀视之"，巴金与冰心的交往展示了友谊之最高、至纯境界。从年轻到期颐，一路的欣赏与扶持，一如既往的鼓励与思念，岁月斑驳，情意却长流。九十八封书信来往，见证了巴金与冰心的世纪之交。

冰心本名谢婉莹，七岁时上私塾，并阅读《三国演义》《水浒传》等文学名著。十四岁的她因父亲谢葆璋任职民国政府海军部军学司长而随父入京，之后入读协和女子大学理科。意向学医的她因深受五四运动的影响而转文学系学习，并献身于学生运动。在这段求学期间，冰心在《晨报》上发表了自己创作的第一篇小说《两个家庭》，亦第一次使用了"冰心"这一笔名。由于小说涉及当时女子教育不受重视的社会问题，引起了读者的强烈反响。之后冰心接连发表了《斯人独憔悴》《去国》《超人》等一系列"问题小说"，直指当时社会的现实问题，冰心在文坛崭露头角。

心中有爱，文字便有温度。当《超人》在《小说月报》上发表后，四川成都一位十七岁的学生李尧棠读后感触颇深，就此成为冰心的忠实读者。

出生于旧官僚之家的李尧棠，度过了一段美好的少年生活。然而在他十四岁时，富于爱心的母亲陈淑芳病故，这对李尧棠的打击，是非常沉重的。失去母亲的李尧棠陷入了悲痛与孤寂之中，直到他读了唤醒母爱的《超人》，精神为之一震，勾起了他对母亲"爱一切的人"的教诲的回忆，同时给予了他爱的力量。"我这个孤寂的孩子在她的作品里找到温暖，找到失去的母爱。"冰心的作品温暖了李尧棠的心。

当他从《晨报》上读到了冰心创作的短诗《繁星》和《春水》后，便开始学习写作新诗并得以发表。不论从形式上还是写法上，甚至是立意上，这些新诗都受到《繁星》的影响。《繁星》里那片蔚蓝的大海，闪烁的星星，是冰心所喜爱的，亦成为李尧棠的最爱。

在五四新思潮的影响下，李尧棠加入进步青年组织"均社"。二十岁的他离开故乡前往上海求学。当他离家赴上海经过泸县时，李尧棠特地上岸买了一本《繁星》放在身边。二十四岁的他离开上海前往法国留学，继而在巴黎完成长篇处女作《灭亡》并发表于《小说月报》，且第一次使用"巴金"这一笔名。自此，巴金登上文坛。

回国后的巴金从事文学编辑与创作，与友人章靳以等人一起创办《文学季刊》，并任《文学季刊》编委。因文字而结缘，是文人之间的美事。为了给刊物组稿，巴金与友人一同拜访了冰心。

此时的冰心早已是文坛上的巨匠，待人却亲切且随和。就如同巴金从少年时代便阅读了冰心的作品，冰心也看过巴金发表的一些作品。作品反映了写作者的内心活动，未见其人已阅其作，巴金与冰心从彼此的作品中已对对方有了些许的了解与猜想。

在巴金的心中，比他大四岁的冰心就像他的姐姐。她那些"爱的哲学"的作品，在他孤寂时给予他温暖与力量，她，成为他的精神支柱。本就腼腆少语的巴金，在见到自己的偶像后，更为拘谨。

从巴金的以往的作品中，冰心是懂得他的沉默与忧郁的。在见到真实的人之后，冰心对巴金打心底生出许多柔情，待他就像自己的亲弟弟。

冰心不停说着，巴金认真听着，即使两人的语言交流不多，却同时有着一见如故的亲切感。文字，让原本陌生的两个人心意相通。

七七事变爆发后，为了躲避战乱，冰心举家迁往云南。在这期间，巴金偕同未婚妻萧珊前来拜访冰心。活泼开朗的萧珊让冰心倍生好感，在以后的日子里，冰心与萧珊亦成为好友。

当冰心一家从昆明迁到重庆后，巴金恰好也来到重庆。

战乱的爆发，使得忙于工作的冰心由于劳累过度而经常患病吐血，丈夫吴文藻也因为不堪工作的重负而得了严重的肺炎并住院，最后为了节省开支而回家休养。就这样，照顾家庭的重担落在了冰心的肩上。陷入经济困境的冰心一家，生活甚是拮据。

在一九四〇年由中华全国文艺界抗敌协会举行的"欢迎来渝作家茶会"上，冰心与巴金相见。十分关心冰心的巴金对她目前的生活窘境不无了解，在两人的谈话中，巴金建议冰心在内地重印她的著作，用稿费以解燃眉之急。

冰心听从了巴金的建议，且将这件事全权托付给巴金去做。巴金欣然接受了冰心的委托，并立刻着手这件事，将编好的书稿交给了开明书店出版。在办妥这件事后，巴金又帮助冰心把用笔名"男士"创作的《关于女人》一书的版权从不守信用的"天地出版社"要了回来，并交给了守信的开明书店出版。

"开明"汇来的稿费解决了冰心生活上的困难，让冰心得以度过这段艰难的日子。巴金的费心帮助让冰心很是感动，她的丈夫吴文藻也称赞"巴金真是一个真诚的朋友"。

真正的朋友,是"雪中送炭"的那类。巴金用自己的真诚言行,赢得了冰心的尊敬。在以后的日子里,两人的交往加深。

抗战胜利后,吴文藻出任中国驻日本代表团政治组组长,全家一同赴日。当新中国成立后,冰心一家从日本归国。

冰心住在北京,巴金住在上海。在以后的日子里,每次冰心来到上海,巴金会亲自去接她,陪伴她逛名胜古迹,买她喜欢吃的糖果。而每次巴金路过抑或到北京,他都会去冰心家坐坐。除了私下交往,两人多次一同参加了友好作家团体的出国访问。

因为共同的爱,爱祖国、爱人民、爱家乡、爱亲友,两人成为了思想相通的知己。

然而,几年后的一场浩劫,摧毁了他们的平和日子。在那场"十年浩劫"中,巴金与冰心遭受了非人的迫害,彼此亦音信全隔,并长达十一年。

十一年的光阴,可改变太多的人和事。只是,巴金与冰心的至诚友谊,并未因此而有所淡化。当这一场灾难过后,两人便迫不及待地打听彼此的消息。

昨天陶同志来,交给我您的信;前些时候在出版社编译室开会,遇见韩侍桁,他说赵清阁告诉他,您给赵写信问到我的情况,总之,很感谢您的关心。算起来11年了!这中间也常常想到您。可是在"四人帮"的严密控制下,我也不便写信,也不愿给别人、也给自己带来麻烦。"四人帮"中的张、姚两个坏蛋千方百计整我,想把我赶出文艺界。我能活到今天也不容易。但是我有信心要看他们的垮台,我果然看到了。

（摘自李朝全，凌伟清主编《世纪知交：巴金与冰心》，团结出版社，2016年）

十一年的音信阻隔，当获知彼此还活着时，心中唯有感激。他与她是幸运的，在绝望中活了下来。重回新生的两人，很快恢复了精神，开始写信给对方，迫切希望获知彼此的境况。冰心立刻托人捎信给巴金，带去她的慰问，收到信的巴金迅速回了信，回寄对她的关切。信中的关心与鼓励，温暖了彼此的心。

获得平反的两人，再次投身于文艺创作之中。往昔的磨难，化作了教训与反思，幸存的人，更加懂得珍惜这来之不易的安稳。

一九八〇年的春天，以巴金为团长、冰心为副团长的中国作家代表团前往日本国进行友好访问，巴金的女儿李小林、冰心的女儿吴青亦陪同前往。这是中国第一个被邀访日的中国作家代表团，代表了两国的友好交往。

在旅途中，李小林叫冰心"姑姑"，吴青则叫巴金"舅舅"，巴金与冰心，成为真正的姐弟，两家则"世世代代友好下去"。

那隔断数年的记忆，记载了太多彼此不知道的碎片，当话匣子一打开，便收不住了。在一个平常的夜晚，两位老人促膝而谈。从遥远的回忆到往后的生活，点点滴滴，无话不谈。

往昔大多数情况都是冰心说，巴金听，而现在则是巴金说个不停，似乎要把那隔绝数年没有说的话补回来。两人一直谈到深夜，直到冰心催促老友该休息了，两人才停止互诉。

当两人已成耄耋老人，身体亦体弱多病起来。巴金在上海，冰心在北京，处于天南地北而行动不便的两位老人，更加想念对方,只能通过信件来传递彼此的深切思念。

冰心大姐:

　　这次开会光年他们希望我出席,我最近身体不好,自己害怕一下子突然垮下来,只好请假。这样我又失去了同您见面的机会,真可惜。

　　谢谢您送的红参,这是贵重药品,其实我已经用不着它了。我需要的是精神的养料,补药吃得太多了。您的友情倒是更好的药物,想到它,我就有更大的勇气。

　　我会当心自己的身体,我还要写不少的文章,还要做一些事情。我懂得劳逸结合,也必须劳逸结合。

　　细水长流,别的以后再写吧。祝安好!

巴金

12月28日

(摘自李朝全,凌伟清主编《世纪知交:巴金与冰心》,团结出版社,2016年)

　　当冰心听闻巴金来京出席作代会,心里很是欢喜,期盼着这一天的到来。最后巴金因感冒而取消了行程,两人没能见面,冰心深感怅然。同样的,未能见到冰心,巴金亦感到遗憾。冰心给病中的巴金送去红参补品,只是,对于巴金来说,"您的友情倒是更好的药物",能带给他更大的勇气。

　　即使自己身体抱恙,却还是更加担心对方的健康,写信细细叮嘱对方,要照顾好自己。当巴金因病手不能提笔后,却还是忍不住颤抖着手，一笔一画写下一个个字。即使一封信只有一句话，却足够让对方因接到信件而欣喜不已。

老巴：

　　得你信本想即复，因为忙于看望文藻，耽误了，不料我自己也因心绞疼进医院住了十天！现已痊愈回来，勿挂。我们同住一医院（北京医院），我却瞒了文藻直到最后一天，才上楼看他。他还好，只是忙了孩子们！你说友情是最好的药物，关于这一点，你有着我的全部友情，你一定要劳逸结合！告诉小林，吴青看到了她在信尾的附言，我们都希望你们春天能来一趟。"三集"收到没有？请看376页谈友谊，381页谈生命。

　　谢谢小林的美丽贺年片！

冰心
1月18日

（摘自李朝全，凌伟清主编《世纪知交：巴金与冰心》，团结出版社，2016年）

　　在巴金收到冰心的回信，得知她生病住院后，待身体稍有好转，便从上海赶到北京探望病中的冰心。"你有着我的全部友情"，这一份深厚情谊，怎能不让巴金感动？他与她的感情，超过了友情与亲情，最为真挚，最为纯净。

　　过往的动荡岁月让巴金明白收藏图书的重要性，当巴金倡议兴办一所现代文学资料馆时，冰心第一个表示赞同，并给予了实际的支持。冰心捐出了自己珍藏的汤定之、陈秋卢、沈尹默等书画家的作品，以及国内外读者寄给她的信件、贺卡等，还把手里的本准备用来为发展文学事业而设立一个奖项的几万元稿费存款捐给了文学馆。在大家的支持与支助下，不久后中国现代文学馆便正式开馆了，巴金多年的心愿实现了。冰心非常欣喜，巴金的心愿，便是她的心愿。

岁月无情人有情，当冰心九十岁生日时，行动不便的巴金托人送给她九十朵红玫瑰组成的花篮。他一直记得冰心喜欢红玫瑰，每年的生日，他都会送去红玫瑰，朵数以冰心的岁数而定。冰心则将两人的书信保存在一个海蓝色的盒子里，因为两人都深爱蔚蓝的、纯洁的大海。

有生便有死，这是大自然不变的规律。当病危的巴金被抢救过来刚苏醒后，费尽气力说了三个字"打电话"。他要跟担心他的冰心打电话，告诉她自己没事。只是，此刻的巴金还不知道的是，就在他病重的那段日子里，他的大姐已与世长辞。

有一种情感，叫刻骨铭心，叫细水长流。"冰心大姐"与"巴金老弟"的姐弟情，于岁月长河中，铸成了一盏永不熄灭的明灯。灯亮着，便不会感到孤独。